世界文化遺産
煌めく
軍艦島の殺意

山北豊明
YAMAKITA
Toyoaki

文芸社

◆主な登場人物

菅野《かんの》 鉄雄《てつお》……環境省自然保護官・主人公
金井《かない》 桂《かつら》……環境省自然保護官・菅野と同僚
祝《いわい》 角英《かくえい》……開業医
西村《にしむら》 格三《かくぞう》……元鹿児島県警・管理官
岸本《きしもと》 捺美《なつみ》……看護師
宮澤《みやざわ》 佳子《よしこ》……看護師

〈鹿児島署〉
鳥城《とりしろ》警部……鹿児島署の警部
葉之田《はのた》刑事……鹿児島署の刑事

〈長崎署・対馬南署〉
住屋《すみや》刑事……長崎署の刑事
篠崎《しのざき》刑事……長崎署の刑事

梅野《うめの》刑事……対馬南署の刑事
糸瀬《いとせ》刑事……対馬南署の刑事

〈美方署・尼崎南署〉
矢部《やべ》刑事……兵庫県美方署の刑事
鶴田《つるた》刑事……兵庫県尼崎南署の刑事

〈長崎市・対馬市〉
花菱《はなびし》豪三《ごうぞう》……長崎市の有力者（御大）
花菱《はなびし》剛史《こうじ》……豪三の子・自有党立候補者
白峰《しらみね》哲生《てつお》……佐世保市の有力者
白峰《しらみね》高志《たかし》……哲生の子・憲民党立候補者
中川《なかがわ》晃《あきら》……産経省・新産業構造推進部
黒岩《くろいわ》太一《たいち》……白峰候補の参謀

〈尼崎市〉
日本鍛工《にほんたんこう》株式会社……金属鍛造の大手

【主に訪れた地】

軍艦島（端島《はしま》）……長崎市の沖五島灘にある炭鉱で栄えた島

指宿《いぶすき》市・奄美大島……鹿児島県薩摩半島・鹿児島と沖縄の中間

対馬《つしま》市……長崎県北部玄界灘にある島

若桜《わかさ》町（麒麟《きりん》のまち）……鳥取県東南部最東端の町

旧香住《かすみ》町……兵庫県北部。ベニズワイガニで有名

世界文化遺産
煌《きら》めく軍艦島の殺意

目次

本書で訪れる世界遺産や地域

第一章　事件に遭遇

1

環境省自然環境局・ウトロ自然保護官事務所に勤務する菅野鉄雄と金井桂は、知床の森を守りながら訪れる人たちに雄大で荘厳《そうごん》な大自然の素晴らしさを伝えていた。お互いテッちゃん、カッちゃんと呼び合う間柄であった。その二人宛へ、二〇一九年五月十日に一通の手紙が届いた。

差出人は、石川県珠洲《すず》市在住の白戸めぐみだった。

「カッちゃん！　メグさんからの手紙だぞ」

その驚きが声を大きくした。観光案内のパンフレットを作成していた金井が立ち上がって、

「冗談か？　テッちゃん」と言いながら、傍に来た。

書かれてある住所に二人とも首をかしげた。封を開けて読むと、同僚がある事件で嫌疑をかけられて困惑している内容であった。

それは、長崎市（旧高島町）沖にある世界遺産の軍艦島で遭遇した事件だった。

【二〇一九年（令和元年）五月九日、長崎市端島《はしま》（通称・軍艦島）で、午前八時三五分頃に七〇代と思われる男性の遺体が発見された。第一発見者となった女性は、連休中の混雑を避けて故郷の鹿児島へ向かう途中で、以前より行きたかったこの島を訪れ事件に遭遇した。

女性の供述では、男性は島の小高い所にうつ伏せで倒れていた。揺すってみても何ら反応がなかったので一一〇番をした。その現場辺りには誰もおらず、警察が到着するまでその場に留まるようにと伝えた。

約三〇分後に長崎県警のヘリコプターが島の南へ降り、現場へは二名の刑事と鑑識が来た。鑑識による死亡推定日・時刻は、死後硬直から逆算すると五月八日午後十時から翌九日午前零時くらい。

所持品は黒いリュックだけで、中にはメロンパン・水・ノート、ズボンのポケットに財布があり、現金五万七千円と小銭があった。

死因は、後頭部を強く殴打された為で、遺体の傍にコンクリートの塊があり血痕が滲んでいた。そこには《氷ノー》と、ダイイング・メッセージらしき文字が書かれていた。鑑識による一通りの検死が済み、遺体はヘリコプターで長崎医大へと運ばれ、第一発見者の女性は長崎署に同行してもらった】

『ご無沙汰しております、その節は大変お世話になりました。あの事件の後、岐阜県にある笠松女子刑務所で刑期を終え、アルバイトをしながら専門学校へ通って准看護師の資格を取りました。

今は、石川県珠洲市のクリニックにご縁がありまして正看を目指しながら働いております。これも妹の遺志を継いだのかもしれません。そのクリニックの同僚です。彼女は九州の方で患者さんたちの評判もよく、優しくて賢い女性なのに警察から嫌疑をかけられて困惑していると連絡があったのです。私も以前は警察の人間でしたからすぐにでも行ってあげたいのですが、あの事件以来警察には抵抗があります。そこで、お二人のお知恵を拝借したく手紙を差し上げました。

どうか彼女を助けてあげて下さい』

白戸めぐみからの手紙には、遭遇した事件の内容と共に切実な願いが記してあった。

【軍艦島とは通称であり、正式名は端島や羽島とも書かれている。住所は、現在は長崎市になっているが、当時は西彼杵《そのぎ》郡高島町であった。

炭鉱としての始まりは一八九〇年（明治二三年）に端島炭鉱の所有者が三菱へ譲渡してから本格化していった。軍艦島と呼ばれる由来は、大正時代に当時三菱重工長崎造船所で建造中だった戦艦「土佐」に似ていたからだった。遠望すると、島の煙突から立ち上る煙が見える際は戦艦そのものだった。炭質もボタ（粗悪炭）ではなく、日本一の品質を誇る『瀝青炭《れきせいたん》』を採掘していた。

南北に約四八〇m、東西約一六〇mと南北に細長く、海岸線は直線的で、島の周囲は護岸堤防で囲われている。面積は約六・三haで、最盛期の一九六〇年（昭和三五年）には人口が五二〇〇人余り、当時の人口密度は、なんと東京の九倍だった。役場・小中学校・病院・寺院のほか各種娯楽施設もあり、都市機能を十分満たしていた】

「カッちゃん、メグさん看護師をしているそうだ。苦労したのだな。この切実な願いをどう思う？　長崎までは行ってやれないし、でもメグさんの気持ちを考えると何とかしてあげたいが……」

「まずは、メグさんに会って詳細を聞いてからだな。しかし、休暇願を出したらあの部長に〈またか〉と言われ、嫌みを聞かされそうだぞ。それに我々の留守の間、ここの事務所は誰が管理するのだ？」金井は無理だと思っていた。

札幌市にある北海道地方環境事務所が道内の保護官事務所を統括しており、そこの部長は二人が以前在籍していた時の上司だった。

その会話を聞いていた研修中の二人が寄ってきた。三月からここへ派遣されてきた二人は、釧路市出身の煮雪麗華《にゆきれいか》という女性と、男性は秋辺流星《あきべりゅうせい》だった。二人とも先祖はアイヌ系の血筋であった。

《古来よりアイヌ系の七人の珍しい苗字の人に出会うと願いが叶う、といわれている》

二人が、そうであった。そのせいなのか早速に恩恵があった。

「僕と煮雪さんで大丈夫ですから行ってあげて下さい。それにボランティアで手伝ってもらっている大学生の人もいますから」と、秋辺が嬉しいことを言ってくれた。

2

捜査に当たる長崎署の住屋刑事と三田刑事は、亡くなった男性の身元を調べるとともに、第一発見者である女性から事情を聞くことにした。遺体は、司法解剖のため長崎医大へ搬送されていた。

結果が判明するまで女性から発見時の様子を、今一度確認していた。

「まずは、あなたの住所・氏名とあの島に来た目的を話してもらおうか」住屋は疑いをもった不愛想な聞き方をした。

女性は、石川県珠洲市在住で西村《にしむら》千明《ちあき》といい、年齢は三十九歳で軍艦島には帰省の途中に訪れた。

「ところで、この《氷ノー》についてどう思うかね?」三田が写真を見せて聞いた。

「氷なら患者さんによく使いますけど……」首を傾《かし》げながら言った。

「あんた病院関係の仕事か?」

「看護師です。だから、あの島で倒れていた人の頸動脈をみたのよ。それよりオジサン、まるで私が犯人みたいに対応されているようですけど、どうして！」怒りが溢れてきた。

その様子を察した住屋が、慌てて質問を変えた。

「申し訳ないが我々も仕事なのです、もう少し協力して下さい」

その後三〇分余り、アリバイの有無や当日の行動を聴取された後、疑いは晴れて解放された。

その日のうちに捜査会議が開かれ、まずは被害者の身辺から捜査を進める方針に決まった。

「このダイイング・メッセージが解ければ進展するけど……」

住屋は呟くように言った。

「所持品を詳しく調べましょう」三田は住屋を促した。

黒いバッグの中にあったノートには、ある鉄道の案内が挟んであった。それは若桜《わかさ》鉄道であり、ノートには郡家《こおげ》から若桜までの車窓から見えた風景が書いてあった。住屋と三田は、この鉄道がどこを走っているのかまったく見当がつかなかった。

程なく長崎医大からの解剖所見が届いた。鑑識を交えて打合せが始まった。住屋と三田は、所持品を机の上に並べ意見を求めた。

先に解剖結果が鑑識課の高嶋より発表された。

【死因・左側頭部耳より後ろの辺りを硬い物で殴打されたことによる頭蓋骨折。死亡推定時刻・五月八日午後十時から十一時。年齢は七〇代初め、身長は一六八㎝で、胃には未消化の豚

肉や魚があった。頭部以外に目立つ外傷はない】

「夕飯に、卓袱《しっぽく》でも食べたのか」住屋が言った。

卓袱料理とは、長崎発祥で南蛮料理や西欧料理が日本化した様式のことで、主な品はお鰭《ひれ》(鯛の身と鰭が入った吸い物)に始まり東坡煮《とうばに》(豚の角煮)などが大皿に盛られ、円卓にのった料理である。

「じゃあ、市内の料理屋を当たってみますか」三田が言った。

「その前に一つ聞きたいのだが、犯人は右利きか左利きかは推定できるか?」住屋が聞いた。

「それは、犯人と向き合った状態で殴打されたか、後ろから殴られたかによって変わります。しかし、私が考えるには向き合っていたら自然と防御態勢を取ると思います。そうだとすれば、一撃で致命傷を負わせるのには無理があります。だとすれば、後ろから思いっきり殴打したと考えられます。右利きなら被害者の右後頭部に傷ができるでしょう、よって左利きと考えます。それと被害者より背の高い人物と考えられる、それは傷口の形状から上方から殴打されたと推測できるからです」高嶋は結論づけた。

〈やはり西村千明はシロだな。なぜなら身元を書かせた際、右手で書いた。身長も一五八㎝くらいだった〉

住屋と三田は同じ思いだった。

「こちらは所持品だ。特に身元を特定できそうな物がないと我々は思っているが、ちょっと見てくれないか」住屋が言った。

住屋と三田の他に刑事五人が、手に取ったりした。その中で唯一の女性刑事が紙の小袋をのぞき込んでいた。

「どうしたミッチー」そう呼ばれる彼女は桟原未知《さじきばらみち》といい、苗字では言いづらいから、名前を愛称のように呼ばれていた。

「あの～、この袋にある店の名前ですが、これ大島にあるのでは？　と、思いまして」そう言いながら中のものを出した。

中に入っていたのは、ピーナッツを大きくした豆のようだった。

「やっぱり、これ【がじゃ豆】です。大島の喜久屋に売っています」

「大島？　伊豆大島か」住屋が聞いた。

「違いますよ、奄美大島です。私、サーファーなんです。毎年この島に行ってます。いい波があり人気があるんですよ。特に台風のあとがいい」桟原は自慢気に言った。

「そうか、これは奄美大島ではメジャーなのか」

「島ではお茶請けの定番です。ゴツゴツとした黒砂糖とナッツの絡みが絶妙で、素朴な味なんです」

「よし、これで身元がわかるぞ。でかしたミッチー」

住屋が桟原を誉めた。

当面の捜査方針が決められ、奄美大島へは三田と桟原が向かうことになり、住屋と他の刑事は、市内の卓袱料理店を探すことにした。

被害者の傍《かたわ》らにあったコンクリート片・茶色の塊と着衣は、科捜研に鑑定を依頼した。


長崎駅前のビジネスホテルで一泊した西村千明は、一度乗ってみたかった885系白いかもめ6号に乗り、新鳥栖《しんとす》駅で九州新幹線さくら543号に乗り換え、終点の鹿児島中央駅へ向かっていた。列車からは、熊本駅を出て次の新八代駅までの間に、車窓左手にSLが勢いよく煙をたなびかせて疾走する姿が見えた。新幹線とSLが並走するのは絵になるのか、撮り鉄たちが多くカメラを向けていた。新幹線は、一瞬で追い越してしまうだろうからシャッターチャンスは難しいだろう。そのSLは、熊本駅と人吉《ひとよし》駅間を二時間半余りかけて走っているSL人吉だった。

携帯が鳴ったのでデッキへと席を立った。

「チーちゃん、どう？　大丈夫」相手は、白戸めぐみだった。

「メグ心配かけたね、昨日解放されたわ。今、新幹線で実家に向かっているところなの」やや落ち込んだように言った。

「一応疑いは晴れたのね。警察ってところは、疑うのが仕事のようなものだから仕方ないのよ」

「そうね、気分を変えて実家で楽しむわ。ありがとう」

「砂むし温泉にでも入って、リフレッシュしてね。それで、事件はどうなったの？」

しかし、西村千明には事件の詳細がわかるはずもなかった。

白戸との会話を終えて席に戻り、うたた寝をしてしまった。

列車は川内《せんだい》駅に停車後、数分で終点の鹿児島中央駅に到着する頃、車内アナウンスで目が覚めた。車窓前方には雄大な桜島から噴煙が、真っ青な空高く上がっていた。

〈久しぶりに帰ったわ〉と、西村千明は桜島がだんだん近づき大きく見え出すにつれ胸が弾んできた。

薩摩人にとって桜島は、畏敬《いけい》の念とともに自慢でもあった。

反面、九州新幹線の開業に伴い、駅名が西鹿児島駅から鹿児島中央駅に改称された。地元の人たちにとって『西駅』として長年愛されてきた駅名が変わったことに、寂しい気持ちを多くの人が抱いた。

列車の速度が遅くなり降りる用意をしようとした時、バッグがないのに気づいた。血の気が引くのを感じた。

〈何々！　どうなったの？〉パニックだった。

慌てて車掌室へ向かった。幸いなことに、キップだけはポケットに入れてあった。車掌は、鹿児島中央駅の鉄道警察隊へ連絡を入れて指示を仰いだ。鉄警隊が駅ホームで待っていてくれることになり、西村千明はひと安心したようで落ち着いてきた。

鉄警隊の詰所では、まず住所氏名年齢を聞かれ、なくなったバッグの特徴や中の物、気づいた時間等を盗難届に書いた。バッグには財布とメイク用具が入っていた。着替えや家族への土産の入った鞄は、網棚に上げていたので無事だった。

「お時間取らせました。窃盗は、三課の担当ですから県警にも連絡しておきます」と、鉄警の澤村が言った。

鉄警隊にお礼の挨拶をして、指宿枕崎線のホームへと向かったが、気分が凹《へこ》んでいたせいなのかトロトロ歩きだった。

3

市内の料理店を手分けして当たっていた住屋たちは、なかなか探し出せず焦りとともに疲れも出ていた。住屋と組んでいる篠崎は、昼食にと長崎中華街にある店で『ちゃんぽん』をすすっていた。

「スミちゃん、これだけ探しても見つからないのは、何故だ?」

「わからん。長崎市内ではなく周辺の街かも?」住屋が箸を止め、頬杖をついて言った。本心は、捜索範囲が広がるのを懸念していた。

「こんあと、何軒か当たったら署に戻ろう」と、住屋が続けて言った。結局、聞き込みは徒労に終わった。

署に戻ると、他の刑事たちも疲労感を漂わせて戻ってきた。住屋たちと同じで、収穫は誰からも聞かれなかった。午後六時を過ぎ、全員が揃ったので再度打合せが始まった。

住屋の予想通り範囲を広げ、諫早《いさはや》市から大村市までの店を探す方針に決まり、住屋と篠崎は大村の店を当たることになった。

「シノやん、やみくもに当たっても駄目だから絞ろう」

住屋と篠崎は同年齢で、一緒に行動することが多かった。

「そだな、スミちゃん。おいは空港周辺がいいと思う」

「なして？　おいは駅前だな」住屋が言った。

「でもよ、被害者は多分大島の人だろ、だったら飛行機で来たはずだ。これで決まりだ、長崎空港へ行こう」篠崎に押し切られた。

翌朝、署に一旦集まり、諫早へ行く者と大村の長崎空港に向かう者とに分かれることとなった。

「ちょっと待って、長崎空港からの便はないわよ」栈原が言った。

「えっ？」篠崎は困惑した様子だった。

「でもよ、鹿児島空港経由であるだろ」と反撃した。

「ない！　長崎と鹿児島間の便もないの」

「だったら何処から乗ったんだ」威圧的な言い方だった。

「それってパワハラですよ。そんな上から目線で物事を言うから若い人がついていかないのよ」

篠崎に反論する余地はなかった。

「私たちが行くときは、いつも鹿児島空港から乗るわ。でも、大村市の卓袱料理店での感想がノートに書いてあったそうよ」

「それを先に言え、なんていう名前の店なのだ？」

「料亭・喜界で至福のひと時を楽しんだそうよ」

「そこなら知っとる。高台にあって大村湾が一望できる」住屋が自慢気に言った。

「スミちゃん、さあ行くぞ」と、篠崎が意気込んで言った。


署には、情報の取りまとめと連絡に当たる四人が残った。

午前十時になり、科捜研からＦＡＸが入った。

《まず、凶器と思われるコンクリート片からは、指紋は出なかった。付着していた血痕は、血液型ＡＢで被害者と一致する。

尚、被害者の衣服から微量の花粉が採取された。この植物はサンカヨウ（山荷葉）という花である。山に咲く蓮ともいわれ、大きな葉が特徴で、それに比べ花は小さい。本州中部以北や中国山地などの高地で湿った場所に生える。特徴は、水分を含むと透明になり、ガラス細工のような美しさになること。それが乾くと白い花に戻る。

しかし、少しの衝撃でも散りやすく、しっとりした長雨やじっとり露を含んだ時でないと透明な美しさには出合えないことから、幻の花とか見られたら幸運が舞い降りる、などといわれている。

以上の結果から、被害者はどこかの山へ行っていたと推測される。それと、もうひとつ、上着の内ポケットに黒い小袋に入ったサイコロ大の塊があり、鑑定の結果レアメタルと判明した》

「珍しい植物だ、初めて耳にするけど」三田は興味あり気だったせいか、ネットから写真を見つけ出した。

「ロマンチックでいいわ、一度見てみたい」と、栈原が言った。

「それとレアメタルだ。何でこんなのを持っていたのだ?」三田が疑問を持ったが、それについては誰もが首を傾げていた。

その後、三田と栈原は、奄美大島へ行くための下調べを始めた。

被害者の関連事項として、これらもホワイトボードに書き込んだ。

「被害者に関する手がかりが出てきているが、決め手がない。大島で確証を得たいから気を引き締めていこう」と、三田が言った。

国道34号線を大村市へ向かっていた住屋と篠崎は、大村湾に浮かぶような空港が見え出した辺りを走っていた。

「ボートでも寄ってくか？」篠崎が左手を指した。

「なんば言いよっと？　仕事中だ」住屋が言った。

【ボートレース大村】の看板が、篠崎を誘ったようだ。

「おいは、被害者が寄ったかも、と思ったからさ」篠崎は言い訳がましく答えるのが精一杯だった。その後は沈黙が続いた。

店は大村市内から外れた所にあり、大村湾が初夏の陽光をうけてきらめいていた。店は開店前の仕込み中だったが、女将に話を聞くことができた。

この店は、奄美大島からほど近い喜界島出身の先代が始め、店名も故郷を忘れないためにつけたらしい。

本題の被害者については、五月八日の午後四時頃にタクシーで来て、午後五時三〇分までいたそうだった。連れはなく、一人で卓袱料理のフルコースを堪能していたという。途中で女将と会話した内容は〈自分も大島の出身で、この店は島で聞いて知っていたから一度行きたかったので良かった。至福のひと時をありがとう〉と、言っていたそうだ。

「女将さん、他に何か話しましたか？」住屋が聞いた。

「大島の様子とかくらいです。でも午後五時を過ぎた頃に携帯が鳴って席を立たれたわ。すぐに戻られましたが、顔色がやや青かった記憶があります」

「電話の内容は聞こえましたか？」

「ハシマが、どうとかだけ聞こえました」

「スミちゃん、あそこだ」篠崎が力んで言った。

女将にお礼をして、急いで署に戻ることにした。諫早に行った二人にも連絡を入れた。

「シノやん、赤灯出してブッ飛ばしていくか」住屋が言った。

「ぞーたん（冗談）言うな、ここは管轄外だ。始末書では済まん」

篠崎は気が焦っていたのと、手柄をいち早く報告したい気持ちとが交錯していた。

「これで身元が割れそうだ、一気に解決だな」住屋は力んで言った。

「スミちゃん、そう簡単に解決できるか？　おいは、深い謎が潜んでいる気がしてならない。何せ軍艦島は要塞そのものだろ、容易に渡れる島でもない。夜は真っ暗だし、瓦礫《がれき》だらけの危ない中を高台まで歩き凶行に及んだ。どんなにカネを積まれても、ここは避けると思う」

「シノやん、考えすぎだ。怨恨の線を追えば解決できる」

篠崎は、人の恨みほど複雑なものはないと信じていたから、この事件がお宮入りになるのを懸念していた。

第二章　再会そして南九州

1

五月十二日、休暇願を出していた菅野と金井は、なかなか許可が下りず調査の名目に変更して再度申請を出した。行き先と目的は『長崎・軍艦島における廃坑後の植生状況』で、期間は三ヶ月とした。

申請書を出してから三日後に許可が下りた。二人はたとえ許可が出なくても、白戸からの依頼だったので強行するつもりでいたから準備万端であった。その日のうちに女満別《めまんべつ》空港午前九時五〇分発JAL562便で東京（羽田）空港へ行き、乗り換えて午後二時五五分発ANA749便で能登（のと里山）空港へと向かった。白戸とは、珠洲《すず》市内のファミレスで午後六時に待ち合わせの約束をしていた。

「今回の出張について、部長から散々聞かれたぞ。三ヶ月も何処をほっつき歩くのだ、また探偵ごっこじゃないかとも言われた」

金井は、上司を納得させるのに苦労したことを言いたかった。

「そうか、お見通しのようだ、気楽になった」いつも菅野は楽天的だった。

眼下に富山湾が広がり前方に能登半島が見え出した。

やがて定刻に能登（のと里山）空港に着いた。ここからタクシーで、珠洲市へ向かうことにした。空港からしばらく山間を走り、海沿いに出た。恋路《こいじ》海岸を過ぎ、船の形をした岩の切り立つ島が道路の間近に見えた。見附島《みつけじま》の看板があった。

「まるで軍艦のようだな」金井は窓越しに見ていた。

「お客さん、我々は軍艦島と呼んでいます」運転手が言った。

「ここにも軍艦島があったのか。これも俺たちに何かの縁を指しているようだ」菅野は、これから行くことになるだろう長崎の端島（軍艦島）と結びつけていた。

数分で待ち合わせのファミレスに着いた。白戸は既に来ていた。

「メグさん、痩せたか？　それとも服のせいか？」菅野が聞いた。

「相変わらずデリカシーがないわね。体重は変わりません、服のせいです！　いつも一緒の金井さんの気持ちがわかります」

「それより、看護師とは驚いた。苦労したのだな」金井が気遣った。

「あれから色々ありました。でも、いい職場で充実しています。だからチーちゃんが心配なの」白戸は、同僚の西村千明を心から案じていた。

「わかった、カッちゃんとできる限りのことをやってみるから安心して。なぁカッちゃん」菅野は金井を見ながら言った。

「そうとも、メグさんのためならエンヤコラだ」いつもの金井らしくない、くだけた言い方をしたので笑いが走った。

白戸によると、彼女は実家のある鹿児島県指宿市に着いたらしい。

白戸はクリニックが忙しいので一緒には行けないから、くれぐれもお願いしますと頼まれた。

その後、彼女の写真と携帯番号を書いたメモをもらい、明日鹿児島へ向かうことにした。白戸は、西村千明に連絡を入れた。

「チーちゃんに言っておきました。彼女も、警察に疑われてかなり気を揉んでいそうだったから、潔白を証明してあげて下さい」と言って、深々と頭を下げた。

午後八時になり白戸と別れて、市内の宿に入った。

明朝、穴水《あなみず》駅までタクシーで行き、のと鉄道七尾線に乗り、和倉温泉駅でＪＲ七尾線に乗り換え、午前十時十四分発の特急サンダーバード20号で新大阪駅に行き、そこからタクシーを飛ばし、大阪空港（伊丹）から鹿児島空港へ向かう行程にした。明日十三日の夕刻には鹿児島空港に着く予定となった。

「でもカッちゃん、長崎に寄らんでもいいのか？」金井は本来の目的である調査のことが気掛かりだった。

「そっちは多分行くことにはなるから、その時適当に報告書を作ればいいさ」菅野はいつもの暢気《のんき》さで答えた。

金井は「あ〜あ」と呟き、ＫＯＯＬに火を点け、思いっ切り菅野に向かって煙を吐いた後、缶ビールを空けてさっさと床に入った。

菅野は、紫煙にむせて咳き込み真っ赤な顔をしていた。

2

夕刻に鹿児島空港に着いた二人は、タクシーでＪＲ日豊本線隼人駅に向かった。午後五時五七分発の特急にちりん13号で、鹿児島中央駅へ行く予定だった。

隼人《はやと》駅から乗車した後、帖佐《ちょうさ》駅や重富《しげとみ》駅を通過すると、しばらく鹿児島湾沿いを走るため桜島を回り込むようだった。

「桜島が夕日に照らされて絶景だ」金井は車窓から眺めていた。

「鹿児島の人たちは、ここを錦江湾《きんこうわん》と呼ぶそうだけど」

「鹿児島湾じゃないのか？」

「別称だよ。鹿児島といえば島津家だろ、その何代目かが詠んだ句《浪のおり　かくる錦は磯山の　梢にさらす花の色かな》が由来らしい」

「あと文部省唱歌《われは海の子》も、ここがモチーフと聞いたが」

♪我は海の子白波の、さわぐいそべの松原に、煙たなびく……♪

思わず二人は口ずさみ、桜島から上る噴煙を指し朗《ほが》らかだった。

「それよりカッちゃん、この先であの『007は二度死ぬ』がロケした島津重富荘があるぞ」

「そうだったのか、ここか！」金井はショーン・コネリーのファンだった。

「ここだけじゃないよ、あの軍艦島なんか『スカイフォール』のモデルとして、セットを作り上げたらしい」

「なるほど、上陸制限があるからロケができなかったのか。時間があれば007のロケ地巡りをしたいなぁ」金井は興味津々だった。

程なく鹿児島駅に着いた。そこから四分で、終点の鹿児島中央駅に到着する。

この駅に着いたら、西村千明へ連絡をすることになっていた。

「カッちゃん、西村さんからJR指宿枕崎線の〈快速なのはな〉が、午後六時四八分に出るからそれに乗って指宿駅へ来て下さいとのことだから急ごう」

ホームには、黄色のキハ2200系が軽やかなエンジン音を響かせて出発を待っていた。水戸岡鋭治氏のデザインによる、木をふんだんに使った車内は、観光列車の雰囲気が漂っていた。

「テッちゃん、指宿は初めてか？」金井が聞いた。

「あぁ、楽しみだ。カッちゃんこそ来たことあるのか？」

「ない。しかし西村さんに会った後、どうする？」

先の見えていないこの事件に、二人がどう関わっていいのか見当もつかず、指宿駅に着くまで沈黙が続いた。

午後七時四八分、定刻通りに着くと改札を出たあたりに、西村千明が待っていた。駅前にある『和食・砂の雫《しずく》』というお店で、幻の焼酎といわれる「森伊蔵《もりいぞう》」を嗜《たしな》みながら「温たまらん豚《とん》」という指宿の黒豚と、砂むし温泉で蒸した温泉卵がのった丼を堪能した。

「西村さん、どえらい目に遭いましたね。実家に帰り、少しは落ち着きましたか」

「どえらい目？　どんな目のことですか」箸を止め聞いた。

「テッちゃん、標準語で聞かないから彼女が不思議そうなのだぞ」金井が、大変なことに遭ったとの言い回しだと説明した。

長崎署で聴取された内容を教えてもらった後、金井が聞いた。

「西村さん、不躾《ぶしつけ》なことをお聞きしたいのですが、警察で話したこと以外に何か感じた点はありましたか？　些細《ささい》なことでもいいです」

「ほんと、あの刑事たちは私を犯人扱いでした。もう頭にきていたから全部は話さなかったの。この青いマリア様のペンダントが、亡くなった方の傍《かたわ》らにあったから、思わずポケットにしまったんです。私もクリスチャンですし、警察があんな態度で接しなければ渡してあげたのに」と言って見せてくれた。

それは、赤い紐が付いたマリア像だった。大きさはプッチンプリンの高さほどの六㎝だった。ある説によると、三つの契りとして赤・青・黄の三色の紐が付けてあり、それぞれを身に着けていると、いろいろな災いが避けられる、といわれている。

「これって【三つのプロミス】といわれるものの一つだな」金井が手に取りながら言った。

「だったら、あとの二つは？」

「それを見つけたら、事件解決に繋がるのではないでしょうか。でも、誰が持っているかなんて皆目わからないし」西村が言った。

「単なる物取りでもなさそうだし、怨恨じみた感じもする」

午後九時近くになり、明日の午前十時にもう一度西村と会うことにして店を出た。二人は、砂むし温泉を体験したかったので海沿いの宿を取ってあった。

五月十四日、朝食を済ませてから海辺へ向かった。砂むし温泉は、熱砂の中に横たわり砂を蒲鉾のように乗せてもらう。まさに和風サウナといったもので、効能はなんと普通の温泉より三～四倍もの美肌効果が期待できるといわれていた。

「テッちゃん、汗だくで顔も真っ赤だぞ。ゆで蛸そのものだ」

「身動きできないし、汗も拭えないから拷問のようだ」

汗が砂に吸い込まれるからベタつき感がなく、サッパリ感がある。全身が浄化される効果が期待できることから、女性に大変人気があった。また海辺のため、沖を行き交う船も眺められる。

「カッちゃん、夕べ西村さんがお父さんは三月まで警察にいたと言っていただろ。そのコネから糸口を掴《つか》めないかな」

「お前、見ず知らずの人を利用するつもりか。いくらメグさんの同僚でも、その人の父親を使うとは……でも、頼もうか」

「まずは、西村さんに会ってからにしよう」

十時の約束に間に合うように、宿からタクシーで指宿駅へ向かった。待ち合わせの『コメダ珈琲店指宿店』には先に着いた。待つこと五分で彼女が来た。パープルのシャツ姿は初夏を感じさせた。三人はアメリカンを注文して、モーニングサービスをトーストとゆで卵のセットにした。

「お二人ともお顔が輝いていますけど、砂むしされたのですか?」西村には見当がついていた。

「よくわかりましたね、カッちゃんと行ってきましたよ。それよりお願いがあります、西村さんのお父さんにお会いしたいのです」

「えっ、別に構いませんけど。何かありましたか?」

この事件についての概要が知りたかったので、長崎県警に知り合いがいたのなら聞いて欲しい気持ちを伝えた。

「お二人のことは、白戸ちゃんから聞いています。私のために遠路はるばる来て下さり、とても嬉しいのと、不安な気持ちが和らぎました。本当にありがとうございます」西村が深く頭を下げて言った。

そして、父親に連絡を入れた後コメダを出て、彼女の車に乗せてもらい向かった。十数分走ると、生垣がよく手入れされた純和風建築の家に着き、玄関で金井と共に挨拶をした。

「ようこそおいでになりました、西村格三《かくぞう》と申します。どうぞ」と、通された茶室のような部屋は、内部に天井はなく、屋根裏が唐傘を開けたように見えた。

「これは、京都の高台寺にある安閑窟《あんかんくつ》にそっくりですけど……」と、金井は見上げながら言った。

「よくご存じだ。あなたも茶人とお見受けした。骨組みは大工にやらせたが、内部の竹を組んだのはワシです」格三が自慢気に言った。

炉から立ち上る煙によって燻《いぶ》された竹がアメ色になり、それが茶室全体に厳粛《げんしゅく》な雰囲気を醸《かも》し出していた。

「この炉縁《ろぶち》が素晴らしいです、蒔絵《まきえ》ですか」金井が聞いた。

「流石ですな。これは高台寺にある黒菊桐蒔絵と言いまして、太閤秀吉好みなのです。京都府警の知人が、旧家の方でしたので頂きました。話がそれましたが、娘からの電話では、私に何かお手伝いできることがあるとか」

「是非お願いしたいことがございます」と、軍艦島で起きた事件で千明に嫌疑がかかり、それについての詳細が知りたい旨を話した。

「それなら管理官だった頃の仲間に、トリとハッパが現職でいるから連絡を取ります」そう言って、格三は茶室を出た。

「千明さんのお父さんは、管理官で定年を迎えたのですか？」

「まあ、そんなところです」階級には興味がない感じだった。

「それとテッちゃん、トリとハッパって何だ。多分誰かのことだろうけど、変に馴《な》れ馴《な》れしい感じがしたけど」金井は首を捻っていた。

格三が勢いよく茶室に入ってきた。

「あいつら渋っていたが、ワシには恩義があるから受けてくれました。今、奄美大島らしいから二、三日待ってくれとのことです。ご連絡しますのでお待ち下さい」格三の言葉には、信頼感があった。

「ところで管理官殿、この事件はどう分析されます？」

「もう一般市民ですよ。現職の時も周りからそう呼ばれるのが正直苦痛でした。自分は現場からの叩き上げですから、靴底を減らして捜査している気持ちは痛いほどわかるのです。

おっと、話がそれましたな。娘に疑いを持つことには警察側からすれば、当然だとも思います。しかし、物証や動機が曖昧《あいまい》な段階で決めつけるような言動には行き過ぎた感じもします」

「お嬢さんが解放されてからの県警の動きが気になります」

「それは、トリとハッパがいい情報を必ずくれますから待ちましょう。お二人は、これから何処かへ行かれるのですか」

二人は、薩摩富士と呼ばれる開聞岳《かいもんだけ》が真正面に見える、JR最南端の駅・西大山《にしおおやま》に行き、その駅にある《黄色いポスト》から白戸めぐみへ経過を伝えるために手紙を出した後、知覧《ちらん》特攻平和会館に行く予定を伝えた。

「きっと、白戸ちゃんは羨《うらや》ましく思いますよ。よくあなた方のことを聞かされましたから」千明は笑顔で言った。

「知覧へは、どうしてですか？」格三が聞いた。

「それは、私の先祖が戦争で亡くなっているのと、今ある平和は若くして特攻していった人たちのお陰であります。だから一度訪れてみたいと思っているからです」

「お二人のお気持ちは必ず伝わりますよ」と、格三は力強く手を握り言った。

「あと、終点の枕崎へも行かれるといい。何といってもカツオの水揚げ日本一ですから、是非『ビンタ』を食されて下さい。絶品ですよ」

千明に指宿駅へ送ってもらえることになり、西村家を出た。

3

五月十七日夕方、二日間南九州をめぐり指宿の宿に戻った。くつろいでいると携帯が鳴った。相手は、西村格三だった。内容は、明朝家に来て欲しいとのことだった。詳しいことは会ってからと言われた。二人とも気にはなったが、明日になればわかることだからと、海の幸づくしの夕食をいただいてから早く床に就いた。

翌日は早朝からの雨が、憂鬱《ゆううつ》な気分にさせていた。

「カッちゃん、朝から変な胸騒ぎがするのだけど西村さんは何を話したいのだろうか？　いやに力んだ声だったけど」

「先日言われた、トリとハッパとかの人からいい情報が得られたのかも。それしか思いつかないけど」と、金井が言った。

午前九時の約束だったので、宿からタクシーで向かった。雨足の激しさはワイパーが〈これでもかー〉と、叫びたいように往復していることからも感じ取れた。

西村家には約束の十五分前に着くと、庭先に茶色のＭＩＮＩが止まっていた。玄関には、来客と思われる二足の履物が揃えてあり、ご主人に先日お邪魔した時と同じ茶室へ案内された。

引き戸を開けたとたん菅野は「あっ！」と声を上げ、金井と共に悪い夢でも見たかのようだった。

「警部！　どうしたの？　なぜここに」金井と顔を見合わせた。

二人の顔を見た途端、鳥城警部は呑みかけていたお茶をつまらせ、顔を真っ赤にして激しく咳き込んでいた。

「おぉ、お前こそ、どうして西村管理官の家に来たのだ？」

「どうしてって言われても……　西村さんから頼まれたからです。あっ、トリとハッパって鳥城警部と葉之田さんのことだったのか」

「トリとハッパだと！　誰がそんな言い方したのだ」

「そ、それは西村さんが……」と小声で言うと、警部は、

「アホ言え、管理官は我々をそんな呼び方はされない。西村さんは刑事の鑑《かがみ》だ。トリさんハノちゃんだった。なぁ、葉之田」と言った。

葉之田は、返事に困った様子だった。

「お前らが勝手につけたのだろ。相変わらず姑息《こそく》な奴らだ」

そう言う警部の傲慢《ごうまん》な態度に腹立たしく思い憮《ぶ》然としていると、会話を微笑みながら聞いていた西村が、話題を変えた。

「もう自己紹介は要りませんな。しかし驚きました、トリさんからは菅野さんと金井さんのこ

とは、現職の時分に何度も聞かされました。警察顔負けの活躍をされたと、褒《ほ》めておられましたよ」

　西村の意外な言葉に警部の顔をのぞき込むと、素知らぬ態度を見せた。

「ところで、警部さんたちは、屋久島から来たのですか？」

「お前らのせいで白神《しらかみ》山地での事件で署を何日も空けただろ、それに管轄外なのに所轄に挨拶をしなかったから問題になった。それをこの西村管理官殿が中へ入って下さり、自身の近くへと言われ鹿児島中央署へ異動となったわけだ」

「お互いここで再会できたのも何かの『縁』でしょう。また力を合わせていい知恵を出して下さいな」西村が丸くまとめた。

「管理官に言われては仕方ないです。またコイツらを使いましょう」

　警部の威圧的な言い方に反論した。

「西村さん、我々だけで十分です。警部の力を借りなくても」

「まぁまぁ菅野さん、ここは私に免じて協力して下さい。警察の力は、何かと役に立ちますから」西村は菅野の肩を軽く叩いて言った。

「そうそう、西村さんに教えていただいた枕崎で『ビンタ料理』をいただきましたよ。ビンタとは、カツオの頭を大鍋で味噌仕立てにして煮込んだものでした。特に目ん玉の周りは美味でした」

「でしょう、豪快な料理で私も幼い頃からよく食べました。由来は、食料が少なかった頃に考え出された郷土料理ですから」

「お前らは、何処へ行っても食べることしか能がないから」警部が嫌みを言った。

「トリさん、それは言い過ぎだ。その土地のことを知るうえでは『食』をするのが一番だと、私は思っている」西村が言った。

「しかし管理官殿、こいつらは以前にも白神山地で一緒した時も、マタギの家で『熊料理』を満面の笑顔で食べていた。そして、帰り際には熊の牙を護身用のお守りとして貰い、今も身に着けているのですから、自分には理解できません」

「護身というより、魔除けの効果があると聞いたことがあります」西村は、理解していた。

「なるほど、警部という魔物除けですか」

「お前に言われたくない。どっちが疫病神だ」

「まぁまぁ、閑話休題はそのくらいにしましょう」西村が言った。

本題に入り、西村が経緯を話し始めた。

「事の発端は、娘が長崎の軍艦島で遺体を発見したことから疑いを持たれ、困惑した娘が同僚に相談すると菅野さんと金井さんが必ず力を貸して下さると聞き、お願いしたのです。トリさんたちに連絡をしたのは、このお二人から事件の詳細が知りたいからと頼まれたからです」

「それは災難でしたな、娘さんも気分を悪くしたでしょう。あちらさんも、管理官殿のお嬢様だと知ったら態度も変わっていたに違いないと思います。我々は、お電話をいただいた時は訳あって奄美大島でした」

「トリさん、その訳を教えてもらえんか」西村が聞いた。

「いいですけど、この一般人がいる場では勘弁して下さい」と、警部が菅野と金井を指して言った。

「そこも、私に免じて話してくれませんか？」

「わかりました。お前ら絶対に他言しないように。万が一バレたら今度こそ懲戒になり兼ねん。俺の退職金をアテにしているカカァに、家を追い出されるからな」と、警部の現実さに笑いが溢れた。

「実は、五月十一日に長崎署からある事件での被害者に関する身元の照会が来て、どうも奄美大島の人らしく、一緒に行って欲しいとの要請があって葉之田と同行した。あちらからも二人が来て、我々と共にすることとなった。でもな、わざわざ現地へ行くことに事の重大さを感じ尋ねると、なんと軍艦島で起きた殺人事件の捜査と言われ驚いた」

　西村をはじめ、皆が顔を見合わせた。

「それで、身元は確認できたのですか？」金井が聞いた。

「あぁ、一応家族には会ったが、よく一人で旅に出かけるらしく、何日も連絡がなくても心配はしないようだったが、亡くなった旨を伝えると、さすがに顔が青ざめていた。被害者は、名瀬市内で診療所を開業しており、地元の名士だった。

近所の島民たちにも犯人の心当たりを聞いてみたが、誰もが〈人に恨まれることはない〉の返事ばかりで大した収穫もなく大島から戻ったわけだ」

「長崎県警の二人は身元がわかったことで、今後の捜査について何か言っていませんでしたか」西村は身を乗り出して聞いた。

「それは教えてくれませんでした。管轄違いであるから仕方のないことですが、管理官のお嬢様が疑われていたとわかっていたなら無理にでも聞き出せたのですが……」警部は申し訳なさそうに俯《うつむ》いた。

「警部、もう一度奄美大島へ行きませんか？」金井が提案した。

「それはいい。私は娘が久々に帰ってきているから行けませんが、金井さんたちとなら、きっと何かを掴めると信じています」と、西村は頭を下げて言った。

警部は〈またか〉と言わんばかりの顔で睨《にら》んだ。

「でも西村さん、警部さんは我々と一緒だと気が乗らないと思いますけど」警部の態度には敏感だったので菅野は嫌み半分で言った。

「そうなのか、トリさん。今までも一緒に解決していったのだろ。私からもお願いしますから四人で当たってくれないか、頼む。私の方でも、長崎署に知り合いがいるから聞いてみるつもりだ」

鳥城警部も元上司からの懇願では受けるしかなかった。

そうとなれば、お互いの情報を出し合い、奄美大島での手掛かりを探す段取り等を西村千明も交えて、昼食をはさんで午後三時まで話し合った。

出発は十八日で、鹿児島空港に九時集合となった。

「警部さん、くれぐれも遅れないように。飛行機に乗り遅れたら船を漕いで来ることになりますよ」菅野は最後に意地悪く言った。

「あいつら警察をナメとる、いつかワッパをかけてやる。そう思うだろハッパ」と、警部がつい呼んでしまい、葉之田は唖然《あぜん》とした。


長崎署では、身元が特定できそうな聞き込みを得られたことで、ざわついていた。住屋と篠崎が仕切る形で打合せが始まり、容疑者につながる物証を探すことに重点をおいて捜査していく方針になった。そうとなれば、奄美大島から戻っていた栈原と三田の報告に期待が持たれたが、被害者の氏名・年齢・職業といったことのみで、わざわざ現地へ行くまでもなかった。

『住所・奄美市名瀬長浜町　氏名・祝角英《いわいかくえい》　年齢・七三歳　職業・開業医イワイクリニック院長』

「ミッチー、これだけか。こんなのファッススやミャールにリネで事が足りるだろ。無駄な税金を遣いやがって」住屋は興奮していた。

「えっ、それ何ですか?」栈原は困惑していた。

「スミさん、FAXにMAILとLINEですよ」と、篠崎がフォローした。

「おぉ、それだ。それから旧友から依頼があって、医大の所見と科捜研からの報告を、ここへファッススしておけ」住屋は何ら気にせず栈原に指図した。送信先は、西村格三の自宅宛であった。

「ファッスス? FAXでしょ。それと誰ですか? こんな重要な情報を流して規律違反だわ」

「何だと、俺に命令する気か! いいかこの人は、鹿児島県警の元管理官だぞ。被害者が大島の人間だとわかった以上、あちらと協力せざるを得ないだろ。お前みたいに縄張り意識があったら、解決は到底無理だ。よく考えろ!」住屋は怒鳴った。

栈原は何も反論せず、住屋を睨み返して出ていった。

「言い過ぎだぞ、スミさん、彼女泣きそうだったぞ。パワハラだな、これは上司に直訴されそうだ」篠崎は楽しそうだった。

住屋たちは、手掛かりを求め鑑識と科捜研からの協力も得て、再度軍艦島へ行くことになった。長崎港での聞き込みと、殺害現場付近の物証探しとに分かれて署を出た。

港で目撃者を探すには、島への観光船の船着き場を当たるのが通常だった。しかし、殺害当日を含め前後の日についても聞き込みをしたが、被害者を見たという者は一向に見つからなかった。

一方、端島へ向かった住屋たちは、ドルフィン桟橋《さんばし》に船を着けようと何度もトライしてみたが、波が高く危険だと判断して諦めた。

容易に人を近づけない要塞の感じを、軍艦島から改めて受けた。

「この島は、何度見ても軍艦そのものだな。無人だから余計に不気味な感じを受ける」住屋は、洋上から眺めながら言った。

「今日上がれなかったけど、数日は容易に近寄れない筈だから現場を荒らされる心配はないですよ」と、篠崎は冷静に言った。

「どうしてこの島を殺害現場にしたのか。見当もつかない」

住屋は、船上から陽を受けて鈍色《にびいろ》が映える廃墟群を見ていた。

「スミさん、島をよく知る人物の仕業とも思えます」篠崎が言った。

「だとしたら、地元の人間を疑うのが普通だな。早く片付きそうだ」

「いえいえ、あのコンクリートの怪物のように、ガードが頑強そうに思いますよ」篠崎は、大きな壁が立ちはだかる気がしていた。

「突破口さえ見つかれば、もろく崩れそうなのだが……」

「知り合いの西村さんは、現役の頃やり手でしたか」

「ああ、管理官といえばエリートのようだが、あの方は現場第一をいつも念頭に置いて指揮を執られた。県警で一番頼れる人だった」住屋は、いい知恵を期待していた。

第三章　奄美大島

1

　五月十八日午前十時一〇分に、鹿児島空港からＪＡＬに搭乗した四人は、眼下に噴煙をたなびかせる桜島を見ながら、機内サービスを嗜み、いい気分だった。うたた寝を始めた警部の耳もとで、いたずらをした。

「次は屋久島でございます。お降りの方はボタンでお知らせ下さい」

　それを聞いた警部が反応した。

「おぉ、降りるぞ！」と叫んで、手を伸ばしボタンを探していた。

　警部は、周りの人たちの冷ややかな視線を感じ焦った。

「警部、菅野さんたちの仕業ですよ」葉之田が小声で言った。

「くそー、あいつら」と言って、警部は唇を噛んでいた。

「テッちゃん、いい加減にしろよ」金井が言った。

　やがて、コバルトブルーの海に浮かぶような、大小八つの島々が雲の切れ間から見え出した。

ここは、二〇一七年三月に『奄美群島国立公園』として指定された。

我が国で五件目の世界自然遺産への登録を目指す条件として、国で管理保護されていることが条件であった。これにより政府は、二〇一九年二月にユネスコ世界遺産センターへ推薦書を提出し、二〇二〇年夏に中国の福州市で開催される世界遺産委員会での登録が期待できる。また、大河ドラマ『西郷どん』のロケ地とされたことにより、人気が出て観光客も増えた。


一時間余りのフライトで奄美空港へ到着した。タラップを下りると強い日差しが注いでいた。

四人は空港内のカフェで打合せをして、被害者の住所である奄美市名瀬へ向かうことにした。

空港から奄美市内までは、バスで一時間弱だった。被害者の交友関係を中心に聞き込みをする手筈になっており、菅野と鳥城警部が市内のお店を廻り、金井と葉之田は交友関係を当たることになった。

「それじゃあ警部殿、どこの店から当たりましょうか？」

「そうだな、散髪屋から行くか」警部が答えた。

ただ理容店・美容院といっても数多くある。そこで、被害者の年齢からしても女性美容師の店は外し、男性がハサミを握る店に絞り探すことにした。五月とはいえ南国の日差しは強烈で、全身の毛穴から汗が吹き出てくる。

「先日もこの島に来たけど、こんなに歩き廻らなかったから楽だったが、お前と一緒だとこうだから叶わん」警部は疲労していた。

七軒目の【ファッション・サロンTAKU】で、有力な情報が得られた。赤を基調にしたお店は、活発なこの島のイメージとマッチしていた。ジーンズのよく似合うベストジーニスト的な河田店主は、気さくな人柄が笑顔に滲《にじ》み出ていた。

「祝先生なら、もう何十年とお客様でした。亡くなられたとお聞きして、残念でなりません」

「最後にお店へ来られたのはいつですか？」警部が尋ねた。

「少し待って下さい」と言って、店主はノートを繰った。

「ありました。四月二〇日の土曜日で、カットにいらっしゃいました。先生は、毎月第三土曜日の午後二時に予約されます」

「その時、いつもと変わった感じはありませんでしたか」

「そう言われますと、いつもは明るい方が何だか不安そうで、心配事があるようでした」

「何かを、お話しされましたか」警部が勢いよく聞いた。その迫力に店主は身を引いた。

「警部さん、そんな顔で聞いたら駄目です」

「顔は生まれつきだ、お前に言われたくないわ」と吐き捨てて、店を出てタバコを吸い始めた。

「私も気になりお聞きしたのですが、教えていただけませんでした。その後は、ローマ教皇様が十一月に訪日されることについて話しました」と、店主が言った。

「この島は、カトリックの人たちが多いのですか」

「ええ、人口の六%が信者です。二〇人に一人がカトリックです。教会も多いですが、特に違和感もなく生活に溶け込んでいます」

「祝さんも信者でしたか?」

「そうです、よく赤い紐の付いたマリア像を見せて下さいました」

菅野はこの時、マリア像が重要なヒントになるとは、頭の片隅にもなかった。

警部が一服を済ませて入ってきたのでマリア像のことを話すと、興味を持ったのか手帳にメモした。

「それと釣りも好きでした。よくこの島の東にあります喜界島《きかい》へ、往診がてら行かれましたよ」店主が手をしゃくった。

「よし、葉之田に行かせよう。連絡する」警部は架電した。

名瀬港からのフェリーは一日一便あり、曜日によって出港時間が異なる。今日は土曜日なので、午後六時二〇分発だった。

警部から連絡を受けた葉之田と金井は、交友関係を当たっていた際も釣りについては、よく聞いたので気にはなっていた。

「警部が行けばいいのに。金井さん、そう思いません?」

「あのオッサン方向音痴だし、船酔いが激しいらしいから」

「でも、お酒は底なしに呑みますが……」葉之田は納得しなかった。

「警部さんと一緒じゃないから、気分を変えて楽しく行きましょう」

【ファッション・サロンTAKU】では、祝角英は敬虔《けいけん》なクリスチャンであり、日曜日には欠かさず教会へ行っていたという情報を得た。

菅野と鳥城は、街の真ん中にある『名瀬聖心《みこころ》教会』へ向かった。

この教会には、誰もが耳にしたことのある米国元大統領だった「ジョン・F・ケネディ」の葬儀に使用された祭壇がある。テキサス州ダラスで凶弾に倒れたケネディは、カトリック教徒として米国初の大統領になった。その祭壇がこの教会へ寄贈された経緯は、ある神父の尽力があったからだ。中央に鎮座する祭壇は、白い大理石の見事なもので、キリストが十字架を背負いゴルゴダの丘まで歩く【道行き】の場面が彫り込んである。

扉を開けるとシスターが、微笑みながら迎えてくれた。

「シスター、お時間を取らせて申し訳ございません。少しお話をお伺いしたいのです」

「どうぞお入りください。河田さんからお電話を頂いておりますので。祝先生のことでしょう」と言われた二人は簡単な自己紹介をすると、教会の最前列へと案内された。

「これですか、かの有名なケネディ氏の祭壇は」と言って、警部は祭壇の前へ進み手を合わせた。

「警部、ここはカトリック教会です。このように片膝をついて十字を切ってから手を合わせて下さい」

「菅野さん素晴らしい。きっとイエス様からご加護がありますわ」

と、シスターに言われ清新《せいしん》な気持ちになった。

「シスター、私にもご加護がありますか？」警部が聞いた。

「もちろん、でも少し懺悔《ざんげ》された方がよろしいかと……」

「ブッ」と、思わず発し吹き出しそうになるのを堪《こら》えた。

「何だ、おまえこそ這いつくばって懺悔しろ。穢《けが》れたっぷりの人生だろ。シスター、この菅野は――」

警部が言いかけるのを、シスターが手を差し出して止めた。

「お二人は、大変仲がよろしいと感じます。祝先生のお話に戻りましょう。お亡くなりになられて大変悲しんでおります」と言って、シスターは目を閉じた。

「では、最後に会われたのはいつですか？」

「五月八日の記憶です」

「普段と変わった様子はありませんでしたか？」

シスターは特になかったと答えたが、その日はミサの最後の『閉祭の歌』を歌い終わった後も俯きながら座っていたので、気になり声をかけると、祝はある物を取り出したらしい。

「『五〇年近く前に神父様から頂いた宝物です』と言われて、小さなマリア様の像を見せて下さいました。その像には、赤い紐が付いていました。私も見るのは初めてでしたが、もしや三つのプロミスの一つではないかと思いました」

「そのプロミスとは、何ですか」警部が聞いた。

「私の記憶では、三色の紐が其々に付いております。色は赤・青・黄です。それを、一番幸せを授けたい人に贈りますと、その方は生涯お守りいただけると、聞いたことがございます」

「警部！　カッちゃんが言っていた【三プロミス】のことですよ」

「よし、金井に詳しく聞こう。他に気になることはありましたか」

「そうそう、やっと他の二つが見つかりそうだから、近いうちに内地へ行くと言われました」

と、シスターが付け加えた。

「内地とは本州ですか」警部が聞いた。

「本州なのか四国・九州かは分かりません。ただ『ハシマ』が云々と言われましたが、それが何のことかは想像できませんでした」

シスターから重要な情報が得られたことに深く感謝をして教会を出ると、夕焼けが街全体をやさしい光で包んでいるようだった。

警部は葉之田に連絡をした。葉之田と金井は、喜界島へ行くためにフェリーの桟橋《さん》にいた。要点を伝えると、明後日の月曜日午前七時三〇分に名瀬港へ戻るからと言われた。

「あいつら日曜日じゃなく、月曜日しか帰らないと言ったぞ」

「それは、日曜日には船便がないからです」

警部は納得したようで、郷土料理の鶏飯《けいはん》で評判のお店で夕食をして、宿へ入った。明朝は、奄美警察署へ挨拶に行く予定にした。

午後九時に喜界島港に着いた葉之田と金井は、港に近い民宿を予約してあった。明日は、祝角英が立ち寄りそうなお店を探すことにした。

2

五月十九日、ダイビング目的の若者を多く見かける中、喜界島で聞き込みをしていた二人は、ある雑貨屋に入った。

「釣り餌も売ってそうだから、聞いてみましょう」葉之田が言った。

【セキちゃん・ミッちゃんの店】という名前が微笑ましく感じた。

店の中は、あらゆる品物が無造作に置かれ、軒下まで吊り下がっている様子からまるで『島の何でも屋』の雰囲気だった。

店に入ると、七〇代初めくらいのオバサン二人の笑い声がした。

「あの～、この方を探しているのです」と言って、写真を見せた。

「あら――カクちゃんだわ。亡くなられた、と聞き悔しくて……」

セキちゃんは、悔しそうに唇を噛んでいた。

祝角英は、この二人と同い年であったせいで気が合った。

「よくお店に寄られたんですか」と葉之田が聞いた。

「月に一回は、釣り餌を買って行かれたわ。それよりも、私たちを含めた島民は、カク先生が来る日はここが臨時の診療所となるくらい皆さんが診てもらいに来ますよ。釣りどころじゃなくなる日もあるから、気の毒に思ったりもしましたよ。もう診てもらえないわ」と言ったミッちゃんは、寂しそうな顔を見せていた。

「こんなゴチャゴチャな店のどこで診察したのか？」金井が小声で言った。それが聞こえたのか、ミッちゃんはムッとした。

「無粋《ぶすい》なこと言わはんな。腰掛け二つあれば十分だわ」

金井は気迫に圧倒され、たじろいだ。

「ここ最近、祝先生に変わった様子はありましたか」

葉之田が聞くと、最後に会った時はいつもよりニコニコしていたらしく、きっといいことがあったのだと思ったそうだった。

セキちゃんが、自家製の柚子《ゆず》茶を出してくれたので、その香りに清々《すがすが》しいひと時を楽しんだ。

店を後にして、百之台《ひゃくのだい》まで上がると三六〇度アクアマリン色の波間に、ダイビングを楽しむ人たちのボートが揺らいでいた。

ここは、大戦後アメリカの軍政下になったが基地は造られず、穏やかな生活が保たれていた。

それと、平家物語に出てくる俊寛僧都《しゅんかんそうず》の流刑地ともいわれている。

鳥城警部と菅野は奄美警察署へ挨拶に行った後、祝角英と幼なじみだった栄六三《さかえろくぞう》という人物に会う約束があった。栄は、教会のミサには祝と一緒に欠かさず行っていた。

「カクちゃんとは五十年来の友達だった。あんな形で亡くなり、犯人が憎い。それで、目星はついたのですか」

「徐々に絞り込んではいますが、決め手がないのです。ですから、こうして大島や喜界島で聞き込みに奔走しているのです。ここ数日、祝先生に変わった様子は感じられませんでしたか」

警部が聞いた。

栄は腕を組み、目を閉じで必死に思い出していた。

「そうだ、キリンの町へ行ってくると張り切っていた。あれがカクちゃんに会った最後だった」

「キリンですか?」警部は、動物園しか思いつかなかった。

「祝さんが普段から身に着けていた、マリア様の像については何かご存知ですか」菅野が聞いた。

「それならよく知っていますよ。カクちゃんが研修医をしていた頃だったと思うけど、休みをもらって島に帰ってきて、教会へ一緒に行った際に、神父様から貰ったのです。神父様が、『病院で慈悲を授けたいと思った患者さんに出会ったら授けなさい』と言われたのを覚えています。カクちゃんは、すごく喜んでいた」

「祝さんが、勤務していた病院はご存知ですか」

「たしか、研修期間を終えてからも長崎の端島病院に勤めると聞いた覚えがあります」

「軍艦島だ！　つながった」菅野は思わずガッツポーズをした。

栄六三と別れてから、イワイクリニックへ行ってみることにした。ただ、家族は祝角英に対して冷ややかだと聞いていたので、会ってもらえるかを懸念しながら向かった。

クリニックには休業の貼り紙がしてあり、施錠されていた。奥の別棟が自宅らしかったので、伺うと奥さんと柴犬が玄関へ出てきた。

やはり快く思っておらず、早々に失礼した。

「警部、何か聞けると思ったのですが駄目でしたね」

「あれじゃあ、祝さんも浮かばれん」警部は悔やんでいた。

3

五月二十日は、未明からの霧雨で街が煙っていた。こういう日は憂鬱《ゆううつ》な気分になりがちだったが、金井たちとの待ち合わせのために、名瀬の港へと歩を進めた。

午前七時三〇分にフェリーが着いた。葉之田と金井が、フェリーターミナルへ入ってきた。

「どうだった、いいネタは掴《つか》めたのか」警部が聞いた。

「ありません。祝さんは喜界島ではヒーローでしたよ」葉之田が答えた。金井もうなずいていた。

「それだけか？　二日間も、どこをほっつき歩いていた。俺たちは、ヘトヘトになるまで大島中をくまなく聞き込みしていたのに、お前らは呑気でええわ」警部がまくし立てた。

「でも、フェリー便が日曜日はないから仕方ないでしょう」葉之田が言い訳がましく言うと、警部は更に声を大きくして言った。

「だったら、舟を漕いででも帰ってこいよ」

「そんな、途中でサメに襲われますよ」

「お前らの顔を見たら、サメの方が逃げていくから大丈夫だ」

「カッちゃん、本当に島中聞き込みしたのか」金井が聞いた。

返事に困っていると、携帯が鳴った。相手は、西村格三だった。警部は、まだ怒鳴り散らしていた。

「トリさんの声か？　えらい大きいけど、どうかしましたか」

「いいえ、これは打合せの途中で警部の意見を伺っているところです。それより、どうされました」

「トリさんに代わってくれないか」と言われたが、警部には『奥様からです』と伝えて代わった。

警部は、うっとうしい表情をした。

「この、くそ忙しい時に何の用だ！」

「トリさん私だが、話し合いの途中で申し訳ない」

「こ、こ、これは管理官殿、失礼しました。ご用件は？」

菅野に、まんまと引っかけられた警部は青ざめていた。

西村からの内容は、長崎県警から事件についての詳細が手元に届いたので、打合せをしたいから日程を合わせたいとのことだった。

「菅野！　カカァじゃないじゃないか。管理官殿にどう顔を合わせたらいいのだ、俺の円満退職が台なしになる。どうしてくれる」

警部は顔面に血管が浮き出るほど怒鳴ったが、すぐに自身の進退をそれ以上に心配する様子が見て取れた。

「カッちゃん、警部に一生恨まれるぞ」金井が言った。

その後、大島と喜界島で得た情報を整理してから、今日中に鹿児島へ戻ることになり航空券の手配をした。

「カッちゃん、一つ聞いていいか。キリンで思い浮かぶことあるか」

「動物園がどうした？」と、警部が口を挟んだ。

「動物じゃなくて、よく考えてくれ。祝先生に関連があると思って気になっているから。葉之田さんもお願いします」

誰もが動物以外は思いつかなかった。そんな中、テレビから二〇二〇年の新春から放映が始まる大河ドラマ『麒麟《きりん》がくる』の案内が流れていた。

「キリンがくる？　どういうことだ！」驚いたように言うと、皆がテレビに釘付けになった。

「でもテッちゃん、このドラマは明智光秀の生涯を描いた内容だろ。我々が関わっている事件との関連はないと思うけど」金井が言った。

金井に関連を問われても、現時点では返答のしようがなかった。

「あの～、キリンとは動物に限らないのでは」葉之田が口を挟んだ。

「何だと、急におかしなこと言うな。動物以外ならビールだろ、キリンのラベルなら、毎晩お目にかかっているぞ」警部の真面目な言い方に、冗談とも思えず葉之田は苦笑いをしていた。

「警部、冗談は顔だけに。いいですか、祝先生は〈キリンの町へ行く〉と、言ったのですよ。ひょっとしたら、日本のどこかにキリンと呼ばれる町があるかもしれません。今は資料もないから鹿児島へ戻った後、西村さんを交えて調べましょう」と菅野が言った。

葉之田は、フォローされて笑みを浮かべていた。反面、警部は苦虫《にがむし》を噛みつぶしたように渋い表情でいた。

最終便のチケットが取れた連絡が入り、帰り支度をするために急いで宿に戻った。

奄美空港午後七時〇〇分発のＪＡＬ便に搭乗するために、バスで向かっていた。

「警部、先日長崎署の方と来た時よりも我々と一緒に来た方が、重要なネタが得られたでしょう」

「菅野、それがどうした。感謝しろと、言わせたいのか」

「まぁ、そんなところでしょう。カッちゃんと自分が携われば、きっと真相に辿り着きますから、警部の円満退職に花を添えますよ」

「えらい自信だな。お手並み拝見しようじゃないか、解決できた暁には日本一美味いものをご馳走する」

他愛のない話をしているうちに、バスは空港へ到着した。夕映えに染まる機体は、神々しく輝いていた。

4

五月二一日午前十時に西村家に着いた鳥城警部ら四人は、奄美大島での聞き込みで大きな成果があったので、気持ちが高ぶっていた。

「管理官殿、昨日はお電話を頂いた際に大変失礼しました。この菅野が、悪ふざけをしたせいで――」警部は必死に繕っていた。

「まあまあ、仲が良くていいじゃないですか。それよりこれが事件の調書関係です」と言って各人にコピーを渡した。

「管理官殿は、これをご査収されたのですか」警部が聞いた。

「トリさん、管理官の呼び方は堅苦しいから西村でいいよ。私の見解は、皆さんの意見を聞かせてもらった後にします」

それを聞いて、熟読した。ポイントは、祝角英と軍艦島にあった病院との関係、マリア像の謎とあと二つの行方、キリンの町に関すること。手掛かりを求めている四人は同じ気持ちであった。

菅野と金井は、キリンと呼ばれる町をネットで探しまくった。全国には、大河ドラマにあやかったのか公園やイベント名に、はたまた港の巨大クレーンまでもがキリンだと、二人が得たい情報とは外れたものが多かった。

「カッちゃん、このドラマそのものは明智光秀の生涯を描いたものだろ。祝角英さんが言ったキリンの町とは結びつかないのでは」

「そうだな、祝さんは長年にわたって残る二つのマリア像を探していただろうから、にわかキリンでなく旧来から麒麟を崇《あが》めている所に絞ってみよう」

警部たちは、職業柄どうしても犯人を突き止めることに神経を注いでしまい、手掛かりを模索していた。それには、第一発見者である西村格三の娘さんにも入ってもらうことになった。

「千明さん、この長崎署の調書の中で〈氷ノ〉というのが、どうも引っかかるのだが、氷ノに続く何かを言いたかったと思う。それがわかれば次の行動に移れるけど、うーん……」と、警部は唸った。

「それですけど、正確には〈氷ノー〉なのです」千明が言った。

「千明、同じことじゃないのか」格三が聞いた。

「一見そう見えますが、棒線というか縦線があったのよ」

警部たちは、それが何を意味するのか見当がつかなかった。

「おい、キンカン。こっちへ来い」警部が手招きした。

「テッちゃん、誰のことか」と言って無視した。

「警部、そんな呼び方は駄目ですよ。金井さんたち、こちらへ来て下さい」葉之田に、手を合わせて頼まれた。

「葉之田さん、西村さん、どうかしました」あえて警部の名は言わなかった。

「あのな、この氷ノーだが……」と、警部が言いかけたのを制して、「葉之田さん、詳しく言って下さい」と、警部を無視した。

そのやりとりに、西村は大笑いをした。

「まあまあ、M－1グランプリより楽しい。こうしながら今までも難事件を解決してこられたのは、もはや捜査の四天王と言ってもいいくらいですわ」西村は、大げさに担ぎ上げて言った。

「この棒線の謎ですか。普通に考えればただ〈氷ノ〉としか理解できないけど……」葉之田は目を閉じ考えた。

「葉之田さん、これを〈こおり〉と読むから行き詰まるのでは。別の呼び方として、ヒョウノとしたらどうなる」金井が紙に書いた。

「ヒョウノセンか、山を意味しているのか！」と言って慌てて調書を繰った。

「そうか花だよ、山荷葉《さんかよう》は中国山地にも自生している。祝先生は〈氷ノ山〉と綴りたかったが、力尽きて棒線しか書けなかった。千明さ〜ん」台所に向かって呼んだ。

「被害者を発見された時、指の位置を思い出して欲しいのです。この棒線にあったのではないですか？」

西村千明は、必死に思い出そうとしている様子が窺《うかが》えた。そのひた向きな姿に白戸めぐみが重なり、愛おしく思えた。

「そうでした。あの時はパニクッていましたし、まずは脈をとろうとして手首をとったのです。でも、指が血でくっついていた覚えがあります。その時〈何この線は〉と、思いました」

「ありがとう、大変貴重な情報です。ちなみに、このことは長崎署では話されましたか」

「いいえ、あんな不躾《ぶしつけ》な刑事たちなんかに言うもんですか」不満をいまだに持っていた。

その後【氷ノ山《ひょうのせん》】と、周辺地域をくまなく調べた。

この山は、鳥取県若桜町《わかさちょう》と兵庫県養父《やぶ》市との県境にそびえる山で、標高は一五一〇m。中国地方では、大山に次ぐ二番目の高さを誇る。

「カッちゃん！　若桜町だ」と叫んだ。

「福井県の若狭のことか？」金井は、ここしか思いつかなかった。

「違う、鳥取にある町で、この周辺の一市六町は《麒麟獅子舞》が、古来より伝播している。その中でも若桜町は、麒麟のまちとして観光に力を入れているそうだ」

「ここだな、重要なキーワードを見つけたぞ」金井は張り切った。

この結果を踏まえ西村や鳥城警部に加わってもらい、今後の方策を話し合うこととなった。

ここで西村の見解を聞いてみた。

「いいのですか、私のような現職でもないのに」と、謙遜していた。

「お願いします。でも流石です、一線を退かれての奥ゆかしさに。どこかのトリさんに、爪の垢でも煎じて飲ませたいです」

警部は口を歪め、高揚した形相で睨んでいた。

「私も菅野さんたちと同じ山を思いつきました。南国育ちではありますが、スキーが趣味で一度だけ氷ノ山に行ったことがあります。当時は、映画の『私をスキーに連れてって』で、ブームでもあり大変賑わっていました。でも、若桜町が【麒麟のまち】だったのは知りませんでした。これも何かの縁だと思い、もう一度行ってみたくなりましたよ」西村は、笑みを浮かべながら言った。

「しかし管理官殿、菅野たちの見解には犯人に繋がる動機が全く垣間見えません。果たして若桜町とかに行って、何もなかったでは警察のメンツが立ちません」警部にしては、冷静な意見だった。

「トリさんよ、そのメンツってただの自己防衛に過ぎんのでは。刑事たる者、足だぞ。例え無駄に終わったとしても、自分のポリシーを信じたのだから非難を浴びたって堂々としていればいい。私はそう思うし、それを部下の責任には決してしなかった」

「そうでした。失礼いたしました。つい保身に走りました」

「トリさんの気持ちは、よくわかっている。波風を立てずに去りたいのは誰しも同じだから」

西村の前では謙虚な姿勢になる警部に、菅野は少し苛立《いらだ》った。

「我々にも、その謙虚な態度で接して欲しいですよ」

「お前らには、世話になった覚えはないから駄目だ」

いつもの会話になってしまった。そこで、ある提案をした。

「それで、今回は五人で行動を共にするのですか?」

「五人一緒では目立つし、犯人にも警戒されやすいからマズイ」

西村は、多くても四人だと考えていた。二手に分かれるのに最適だと、経験上そう思っていた。

「ハノちゃん、県警へ今回の経緯を説明に行ってくれないか。そして、長崎県警にも情報の共有を、お願いしておいてくれないか」

「でしたら、今回は葉之田を除いて取り組んでいくわけですか」

「そうしようと思うが、どうかな。ハノちゃんには、我々と他の警察などからの情報をまとめてもらいたい。しかし、こんなシュール（非現実的）なチームで解決できたのなら、警察のメンツも丸潰れだな」西村は期待する反面、タテ組織の在り方に一抹の不安がありそうだった。

第四章　希少金属の謎

1

　長崎は、六月二日の投票日に向けて衆議院の補欠選挙で賑やかだった。自有党と憲民党の、共に四〇代半ば同士の一騎討ちとなっていた。自有党の候補者は、長崎市では有力者の息子であるせいか優位に進んでいた。そんな中、対馬《つしま》で事件が起きた。玄界灘に浮かぶ島は、日本の中で最も朝鮮半島に近く防衛上はもちろん、古来より大陸との交流も盛んだった。ここ数年前から土地買い占めにより住民同士に軋轢《あつれき》が生まれていた。その元凶は、今回の補欠選挙に名乗り出ている自有党の候補者の父親が、欲に目が眩んでいたからだった。

　五月二二日午前五時頃に定置網を引き上げに向かっていた漁船が、豆酘崎《つつざき》の断崖下に人らしいものが浮かんでいるのを見つけた。すぐさま漁協へ無線連絡を入れ、対馬南署からボートが急行して遺体を回収し、船上にて検視をした。死後、約一～二時間経っていた。

「これはコロシだ」対馬南署の梅野は、遺体の頭部にあった血痕を見て言った。

「あの辺りから落ちたのでしょうか」と、糸瀬は指を差した。

「まずは詳しく検分してからだ。遺体は、司法解剖へ回されるだろうから我らは被害者の足取りを追うのが先決だな」

署に戻ると、遺体が長崎医大へ運ばれる段取りは済んでいた。事件と事故の両面から捜査をすることになったが、署内は何故か慌ただしい様子はなかった。それは、いつかこういったことが起きるのではないか、といった必然的な予感みたいなものを抱く者が少なからずいたからだった。

「糸さん、恐れていた事態になりました。被害者は、選挙に奔走していた黒岩太一さんでしょう」

「あの人は、憲民党の候補者を推していたはずだった。反対派の人物が疑わしい、と考えるのが妥当です」糸瀬は決めつけていた。

「だったら、自有党の誰かになるが？　少し短絡的じゃないのか。いずれにしても厄介だ、選挙が絡んでそうだから」

岩場へ手掛かりを探しに行っていた刑事たちが戻ってきた。

そこは、海面から三m程あり、釣り人がよく来る所だった。比較的足元が平らになっていたからだった。鑑識が手掛かりを探したが、釣り竿とクーラー以外は何もなかった。

「足跡はどうだ」糸瀬が聞いた。

「未明からの雨のせいで、取れませんでした。竿とクーラーに、被害者のイニシャルかと思われるＴＫとありました」

〈釣り好きだった黒岩が、足を滑らせて転落したのか〉糸瀬は鑑識の報告を受けて、事故か？と思う気持ちもあった。

捜査は、被害者の行動から追うしかなかった。手分けして聞き込みに回ることになり、梅野と糸瀬は両選挙事務所へ行くことにした。

対馬での選挙戦の形勢は、島民の八割が憲民党寄りで自有党は苦戦していた。黒岩太一が島中を駆け廻り、熱心に説得していたからだと言う人たちが多くいた。そんな中、自有党を支持しているのは、旧厳原町樫根《いずはらまちかしね》の住民がほとんどだった。それは、土地を買い上げてくれた人物が自有党候補者の父親だったせいもあった。

自有党の事務所に着いた梅野と糸瀬は【花菱こうじ】のポスターがすべての窓に張られているのを見て、入るのを躊躇《ちゅうちょ》した。

「ウメさん、イケメンですよ彼は。四五歳というバイタリティーを、前面に出しているのが窺《うかが》えます」

「でも、憲民党に圧倒されている。俺ならこっちに入れるけど」

事務所の中には、若い運動員が七人いて熱気を感じた。

「賑やかですな、少しお話を伺いたいのだが」と、梅野がバッジを見せると、奥から年配の人物が出てきた。

「若い世代の人たちが応援してくれていますよ」と、後援会長が言った。

「黒岩さんが亡くなったのはご存知ですね」梅野がストレートに聞くと、一瞬顔が曇った様子を見せた。

「それで、何をお聞きになりたいのですか？　まさか我々の中に犯人がいるとでも」不満気な言い方だった。

梅野が感じたのは、やけに張り切った雰囲気だったせいで、まるで形勢が逆転する期待感が漂っていたからだった。

嫌悪《けんお》感でいっぱいの中、全員のアリバイを確認すると、昨夜は午後八時から翌午前零時まで対馬市内にある居酒屋で一緒だった。その後は、それぞれが家に帰っていた。これ以上は、聞きづらく事務所を出て、憲民党候補者の【白峰たかし】事務所へ向かった。

こちらは明らかに年配者が多く、リーダー的な存在だった黒岩が亡くなったことで、全員に動揺が感じられた。

「黒岩さんのことで、お聞きしたいのですが」糸瀬が聞いた。

「これはイトちゃん。ご覧の通り皆が落ち込んでいますよ」と、糸瀬と知り合いの早見が言った。

早見の話では、黒岩太一が全て仕切っていたようで、この先の運動方針さえまとまっていない状態だった。

「それじゃあ、黒岩さんが票のまとめを請け負っていたのですか」

「そうなのです、白峰さんからも大変感謝されていました。こんなことになって、今まで支援して下さった人たちが迷うのが心配ですよ」

「話は戻りますが、亡くなった日の黒岩さんの行動について、誰か何かご存知ですか」糸瀬は、事務所内の人たちに向かって聞いたが、誰もが首を振り、顔を見合わせていた。

黒岩太一は、単独で島内を駆け回っていたようで、事務所の仲間には知らされていなかった。

梅野と糸瀬は両事務所では、あえて踏み込んだ聞き込みはしなかった。それは、もしこの中に犯人がいたとしたら捜査の進捗《しんちょく》を感づかれて身を隠される恐れがあるからだった。

しかし、黒岩は対馬において有力者でもないのに、どうして八割もの票がまとめられたのか。

それと、あの二束三文の土地を花菱が買い占めたのも疑問だった。

2

事件から二日が経ち、捜査が進展しない苛立ちが署内に漂いだした頃、一人の老人が自宅近くの佐須《さす》駐在所に相談に来た。

黒岩太一から聞かされていた極秘のことが殺害の原因ではないかと案じたからだった。

駐在所から連絡を受けて、梅野と糸瀬が向かった。

「ウメさん、マル秘のことって選挙戦と関係があると思いますか」

「大いにありそうだし、あって欲しいと願うのが本音だ」

「あれば事件にも関わってきそうだから、慎重に対応しないと……」

糸瀬は自問するように言った。

佐須駐在所に着き、老人から話を聞くと、昭和四八年に閉山した『対州《たいしゅう》鉱山』で近年ある希少金属が発見され、それが大きな宝を生むと黒岩太一から聞かされたという。

「何ですか、その金属は？　金銀ならワシも掘りに行くけど」

「あれは『れれめたい』とか言ってた」老人が答えた。

「なんじゃそれ？　明太子《めんたいこ》の親戚か」梅野には見当もつかなかった。

「ウメさん、あれですよ！　レアメタル」糸瀬が耳もとで叫んだので、お茶を吹き出して激しくむせた。

「そうじゃ、そう言っとった。そんで花菱の父っつぁんが、あの辺りを買い占めたと。そんでクロさんが殺《や》られた。次はオラだと思ったら怖くて怖くて、駐在はんに相談したわけだ」

「あんたの他に、このことを知っている者はおるか」梅野が聞いた。

「おらんと思う。クロさんは『うまくいったら小遣いやる』と言っとったから、オラだけだ」

とんでもない情報を得た二人は、急ぎ署へ戻ることにした。

「老人から聞いたことが本当なら、自有党の花菱陣営にとっては爆弾を抱えていたと言える。

対馬では僅《わず》か二割の支持しか得られていないが、もしこの件が露呈したら県全体に悪評が広まる危惧が常に念頭にあっただろうから、始末する機会を窺っていたのかも」

「あの口ぶりでは、ジイさんは未だカネは貰っていないだろう」

「その出どころが、あの花菱の御大《おんたい》だったら厄介だ」

署に戻り、対馬南署だけでは対処できないと判断し、長崎署の指示を仰ぐこととなった。

連絡を受けた長崎署の住屋と篠崎は、花菱家が関わっているからには慎重に対応しないと、己の進退に大きく影響すると思っていたせいで、この件には関係したくないのが本音だった。

結局二人が、長崎空港からORCにて対馬空港へ飛んだ。プロペラ機のため、高度が低く眺めを楽しめた。わずか三〇分のフライトだが、壱岐《いき》島を越え対馬空港へ降りた。対馬署の梅野と糸瀬が迎えに来ていた。

「えらいことになりそうで、頭が重いです。本署のお知恵を拝借しないと、我々の手には負えそうにないのです。よろしく頼みます」と、梅野が深くお辞儀をした。

対馬署に着き、事件の詳細を聞いて改めて選挙絡みだと感じた。

「それで、黒岩さんが花菱の御大に何を突きつけていたかはわかったのですか」住屋が聞いた。

「なんでも、廃坑からレアメタルが出たことに疑問を抱き、花菱が買い占めた時期との関連を調べていたらしいです」糸瀬が答えた。

もともと対州鉱山は、鉛や亜鉛を産出していた。そういった鉱物が出るヤマには、レアメタル等の希少金属が含まれている場合がよくあり、近年の環境問題からCO_2削減が地球規模で加速している昨今は、需要が膨らみ価格も急騰している。

花菱がここに目をつけたキッカケは、息子を国政へ出したい野望を以前より持っていて、その根回しのため対馬の有力者に会いに来た際に、その家の床の間に飾ってあった塊に興味を持ち譲り受けたことだった。

その有力者は、廃坑になった山の持ち主であり、この辺りの大地主でもあった。

「その大地主が、犯人の可能性はありそうですか」篠崎が聞いた。

「まったくないとは言い切れませんが、本人は先月から長崎市の病院に入っているのです。肺がんです。ただ、第三者に頼んだ可能性もありますし……」梅野は、あらゆる観点から考えていた。

「第三者か。御大なら裏社会にも顔が利くだろうから、その気になれば引き受ける輩もいるだろう」住屋は頭を掻きながら言った。

「このまま捜査を進めて真相に迫ったとして、御大に近い者に疑惑が湧いたとしたら、もみ消されそうな気もします」篠崎は懸念していた。

「さりとて、我々の管轄内で起きた事件ですし、有耶無耶《うやむや》にしたらクロさんが浮かばれない」

糸瀬は複雑な思いでいた。

「わかった、圧力を恐れていたら何もできない。目撃者を探そう」

梅野が言うと、その場にいた他の刑事たちも頷いた。

住屋と篠崎は、あとは対馬南署に任せて長崎署へ戻ることにした。

3

長崎空港から大村市内へ入った二人は、駅前で街頭演説をしている花菱剛史《こうじ》の声に、形勢が優位になった感じを受けた。

「あの大物まで担ぎ出して、益々勢いづいている」住屋が言った。

応援に来ていたのは、自有党のドンと呼ばれる人物だった。日本のエネルギー政策に大きな力と権力を持ち、一目置かれていた。

「これもレアメタルの影響ですか。そんなに価値があるとは思えないけどな」篠崎には理解できなかった。

長崎署へ着くと、西村からの伝言を栈原から聞いた。それは、お互いの情報共有の依頼と、葉之田刑事がこちらへ来る内容だった。

五月二五日、対馬南署から解剖所見と状況のＦＡＸが届いた。

【身長・一六五㎝、体重・六〇kg。死因・右側頭部強打による脳挫滅《のうざめつ》。死亡推定時刻・五月二

二日午前四時～六時の間、それと右手親指と人差し指・中指の各指先に線状の跡があり、何かを握っていたと思われる】

「シノやん、これなら事故として処理されても不審な点はない。三本の指にあった形跡も、竿を握っていたのだから不自然とも思えないし」住屋が言った。

「同感です、落ちた際に岩に頭をぶつけたのでしょう」

「そうだな、争った形跡もなかったからな。しかし、対馬南署のウメさんはコロシだと言っているだろ、何かウラがあるかも」と、住屋は考え込んだ。

《目撃者については、早朝で人気《ひとけ》もない場所のせいで見つからなかった。ただ、家族によるとここ数日は何かに怯えた様子があり、心配していた。対馬での票集めが一段落したのか、東にある壱岐へも頻繁に渡航していたらしく、その時も何者かに監視されている気配を感じていたらしい》と、現況のコメントも添えてあった。

報告を受けて検討している中、鹿児島署の葉之田が署に着いた。

長崎署としては、花菱家に関わってきた以上、情報が漏れて圧力がかかり捜査に支障をきたすことになっては、西村管理官に顔向けができないと捜査一課の方針が示され、最少人数で捜査に当たることになっていた。住屋班の篠崎・三田・栈原の四人がその任務に就いた。まず、葉之田が奄美大島で得た情報をもとに、鳥城警部と西村たちが兵庫県へ向かった経緯を説明した。

「えっ！　管理官もこの事件に協力下さっているのですか」住屋は、驚きと心強さを同時に感じた。

「ところで、選挙絡みの事件が起きたと聞きましたが、関連はありそうですか」葉之田が切り出した。

「正直わかりません。我々としましては、関係していない方がありがたいです。何せ、花菱豪三という大物がバックですから」

「その選挙は、どちらが優位なのですか」

「まぁ、五分五分ってとこでしょう。だから、どちらかに不利なことでも起きると痛手になります」

「でしたら、対馬での事件は憲民党にとって影響が大きいでしょう」

「その通りです。あれ以来、県民の意識も自有党に傾き始めました。それに演説の際には、党本部から幹事長らも応援に来ています」

花菱家は代々続く旧家で、現当主の豪三の祖父は、自有党の前身だった保守党の最大派閥に属し、党内でも一目置かれていた。あの軍艦島でさえ、花菱家が元来所有していたもので、三菱へ譲渡した現在も大株主で強い発言力があった。

正式名の端島が、いつの間にか羽島とも呼ばれるようになったのは、羽振りのいい生活が成り立っていたせいでもある。

「花菱豪三さんにお会いすることは、可能でしょうか」

「あんたじゃ恐らく会ってもらえないでしょう。何故なら、ああいう方だからキャリアでないといけないのです。うちの署でも上層部の数名しか会えません」

「そうですか。では、西村元管理官ならどうですか」

「西村さんならいいですとも。でも、兵庫へ行かれているのでは」

「今はそうですが、あちらの用事が片付いて帰路の途中にでもお願いしてみるつもりですけど」

「わかりました。それまでに上層部にかけ合ってみます。ちなみに西村さんは、クリスチャンでしょうか」

「それがどうかしました?」

「花菱家は、敬虔な信者なのです。ですから、もし西村さんがそうでしたら話も進みやすいと思いまして」

「それは都合がいいですよ。管理官もクリスチャンです」

葉之田は、早速西村格三へ連絡を入れた。長崎署でのやりとりを伝え、花菱豪三に会っていただくお願いをした。西村からは、ある依頼を受けた。それは、菅野と金井が気になっていたことでもあった。

「花菱剛史さんにもお会いしたいのですけど……」

「息子に会ってどうするのですか。今は選挙中で飛び回っているだろうし、理由を聞かれたらどう答えるのですか」住屋は、気が進まなかった。

「これは西村さんからの依頼です。本人に会って確認したいことがあるのです、お願いします」

「わかりました。管理官のお願いなら何とかして段取りします」

住屋は【花菱こうじ】選挙事務所へ電話を入れた。参謀役の木村とは幼なじみでもあり、飲み友達でもあった。

そういった関係なのか、アポイントをすぐに取ってくれた。明日午前十時に事務所で会う約束になった。

「ところで、剛史さんに聞きたいことを教えてくれませんか」

葉之田は困った様子を見せたが、情報の共有をこちらからお願いしたことでもあり、西村から依頼された内容を話した。

しかし、よく考えてみればその知りたいことに西村がどうして疑問を抱いたのか。求める事案が思い通りであったのなら、その先はどうするつもりなのか、と推測すらできない思いだった。

「その青か黄色の紐が付いたマリア像に、どんな謎があるのですか」

「私では詳しい説明は無理です」葉之田には、こんな時に菅野さんたちがいてくれたらという思いがあった。

「まあ、いいでしょう。とにかく明日事務所へ行きましょう」

4

五月二三日、午前九時四五分に【花菱こうじ】の事務所へ伺うと、参謀の木村が笑顔で迎えてくれた。事務所内は、選挙カーを送り出した後のせいか落ち着いた雰囲気が感じられた。

「当選確実といった空気感がありますな。皆さんの顔も明るく、生き生きとした表情です」と言った住屋は、異様な感じも受けた。

それは、周りに貼られた激励の貼り紙が、どれも自有党の重鎮ばかりで、地方議員のものは目立たない端にあったが小さ目だったからだ。

一〇時になりウグイス嬢の声が大きく聞こえ始めると、選挙カーが戻ってきた。休憩の時間だろうか、運動員たちが事務所に入ってきた。しばらくしてタスキを掛けた当人が降りてきて、我々に深々と頭を下げ握手を求められたが、公務中だからと遠慮した。

「お待たせして申し訳ございません。で、ご用件は？」と言った花菱は、警察が来たというだけでマイナスな印象を持たれるのを懸念していたのか、不機嫌そうな素振りを見せていた。

「ご多忙中申し訳ない。すぐに失礼しますから少しだけお時間を下さい」住屋は丁重にお願いをした。

対馬で起きた憲民党運動員の事件について伺うと、疑いを持たれたと勘違いしたのか、声を張り上げて怒り出した。その声に、周りの運動員たちも驚いていた。

「落ち着いて下さい。私は、ただ相手陣営の方だから何かご存知ないかと思っただけです。悪く思わんで下さい」住屋は繕《つくろ》った。

「知るわけがないですよ。私はクリーンな選挙を常に念頭に置いていますから、そんな卑怯《ひきょう》なことは決して考えすらしません」と、花菱剛史は言い切った。

これ以上は話を聞ける雰囲気ではないと判断し、失礼することにした。運動員たちは、再び選挙カーに乗るために花菱と打合せを始めた。その際に、花菱から渡されたキーを見て喫驚《きっきょう》した。

「あっ、ちょっといいですか」と、葉之田が花菱に言った。

「まだ何かあるのですか。もう出ないといけないんだ」不機嫌そのものの言い方だった。

「そのキーに付いていますす青い紐とマリア様の像ですが、これは剛史さんの私物ですか」

「もちろん、そうだ。私のお守りで常に身に着けているけど」

「いつ頃からです。それは誰に頂いたのですか」

「幼少だと思う。物心がついた時には小袋に入っていて、首から下げていた覚えだが。これは父からもらった、もういいだろ」と、吐き捨てるような言い方をして立ち上がった。

「最後に、そのマリア様の写真を撮らせてもらってもいいですか」

花菱は選挙カーを待たせてあったので、早く済ませたいようで軽く頷き机の上に置いた。

選挙カーが走り出した後、住屋たちは参謀役の木村にねぎらいの言葉をかけて事務所を出た。

車に乗り込むと同時に葉之田は、西村に連絡を取った。勇んでこの情報を話す様子に住屋と篠崎は、青い紐とマリア像の関わりが益々謎としか思えなかった。電話を住屋に代わり、今後の進め方について意見を取り交わした結果、葉之田を対馬へ向かわせて欲しいと依頼された。その根拠は、金井たちが奄美大島での聞き込みの際、喜界島で寄った雑貨屋のセキちゃんから〈対馬は全国屈指の漁場だからよく行くよ〉と、祝が言っていたのを聞いたからだった。

住屋は、対馬南署の梅野に葉之田が行くことについて連絡を入れた後、葉之田を長崎空港で降ろしてから署へ向かった。

署に戻った住屋と篠崎は、早々に部長に呼ばれ花菱事務所での経緯を細かく聞かれた。上層部としては、花菱豪三の機嫌を損ねないように神経を遣っていた。

二人は、遠巻きに花菱事務所の動きを注視するように、と指示を受けた。併せて憲民党の白峰事務所については、形勢が逆転しかけている情勢をどう対処するのかも看視して欲しい。

「シノやん、どうする？　両陣営を見張れと言われても」

「だよな、もし御大《おんたい》がヘソを曲げたら責任を我々に押しつけるのはわかってはいるが、命令とあらば仕方ないか」

二人は、気鬱《きうつ》な思いで署を出た。

5

　対馬空港に着いた葉之田は、対馬南署の糸瀬と共に黒岩太一の家族に会うために対馬市内へ向かった。糸瀬によると黒岩家は、祖父が戦時中に知り合いを頼って大阪市内から疎開してきたという。

「家族は奥さんが早くに亡くなってからは、隣のオバサンが掃除・洗濯などのお世話をしているようですよ」糸瀬はそう聞いていた。

「でしたら、普段と変わった様子があったのかを聞きたかったのですが、無理ですね」と、葉之田は腕を組み思案した。

「それでしたら黒岩さんと古い釣り仲間で、懇意にしていた人を知ってます。これからその人に会いましょうか」

　糸瀬は車を路肩に止め、携帯で連絡を取った。三〇分後に対馬市内の喫茶店で、待ち合わせとなった。

「糸瀬さん、その後捜査の方は進展がありましたか」

「それですが、花菱家が何らかの関わりを持っていそうなのです。だから上も慎重になり過ぎているせいで、当たり障りのない動きだけです。このままだと、事故として処理され兼ねません！」糸瀬は、やり切れない気持ちを込めて言った。

　店内に入ると、奥のテーブルから手を振る人物がいた。釣り仲間の一ノ瀬高志だった。

「ご足労願って申し訳ありません。こちらは鹿児島署の葉之田さんです」

「鹿児島署からこんな田舎にご苦労さんです。クロちゃんの事件に関連しているからですかな」と、身を乗り出して聞いてきた。

「いえいえ、まだわかりません。一ノ瀬さんに見ていただきたいのはこれです。黒岩さんとこの方が知り合いかと思いまして」葉之田は、祝角英の写真を見せた。

「おぅ先生じゃ、オラもよく知っとる。あっ、端島の事件か――」

「これは話が早い。祝先生とはどうやって知り合ったのですか」

　一ノ瀬によると、黒岩太一は釣り客相手の民宿を営み、磯への渡船もやっていた。祝角英は数十年来の客でもあり、同年代だったから一ノ瀬とも話が合い、三人でよく釣果を肴《さかな》に酒盛りをしていた。そんなある日、黒岩が、祝の持っていたマリア像について尋ねたことがあったが、ただのお守りだと軽くかわされたという。

「祝先生に最後に会われたのは、いつですか」葉之田が聞いた。

「えーと、みどりの日だったから四月二九日だ。午前様まで飲んでいた」

「いつもと違った様子は感じませんでしたか」と、糸瀬が聞くと一ノ瀬は目を閉じ、顔を伏せて思い出そうとしていた。

「そういえば、レアメチャルをやたら気にしていた」

糸瀬と顔を見合わせ〈レアメタルのことか〉と、頷き合った。

一ノ瀬は、記憶を絞り出し話し始めた。

《祝角英は、誰が買い占めをしたのかを知りたかったようで、黒岩と一ノ瀬にしつこく聞いていた。その訳は言わなかったが、黒岩が花菱家との経緯を説明すると、その旧家へ行きたいと言い出し、翌日三人で向かうことになった。

四月三〇日、天堂家に着くと当主は入院中であったため夫人が応対してくれた。主の天堂太郎はレアメタルには興味がなく、むしろ花菱豪三の土地買い占めで、古来より何事も助け合ってきた地元民に、軋轢が生じたことに憤りを感じていた》

「あれがメタルですか！」と、祝が意気込んで床の間にあるガラスケースに入った物を指した。

「ええ、私にしたらゴミとしか思えませんけど……」夫人は無粋な言い方をした。

「含有率が高そうです。これなら目をつけてもおかしくない」祝は食い入るように見ていた。

それは、ただの茶色の塊にすぎなかったが、祝角英の目には煌《きら》めく鉱物に映っていた。

大きさはラグビーボールほどあり、タングステンの名札が置いてあった。納屋にも形の悪い塊が、竹籠に一杯あるようだった。

「花菱さんは、その塊の一つをもらい鑑定に出したのだろう」祝が言った。

「太郎さんは花菱豪三に対していい印象は持っていなかった、ということですか」黒岩が聞くと夫人は頷いた。

「地域の絆を大切にしてきた人だから、札束で心の隙間に入り込んだ花菱さんには絶望したと、よく口にしていました」夫人は寂しそうに言った。

それを聞いた黒岩と祝が、我々が何とかしましょうと言ったらしく、帰り際に納屋から塊を持ち帰った。しかし、一ノ瀬には二人が何を目論んでいたかは推測すらできなかった。

「一ノ瀬さん、この後お二人に会われました？」葉之田が聞いた。

「いいえ、あれから補欠選挙になってクロちゃんは【白峰たかし】の参謀として走り回っていたし、祝先生は奄美へ帰った。それっきり二度と会えなくなってしまったのです」と、言った一ノ瀬の表情には、やり切れない様子が窺えた。

「ちょっと待って下さい。祝さんは奄美へ帰ると言ったのですね」

「そう聞きましたけど……」一ノ瀬は自信なさそうに答えた。

葉之田には、まっすぐ奄美へ戻ったとは思えなかった。何故なら五月九日に軍艦島で被害に遭い亡くなった、その前日には料亭で夕食をとっていた。なので、奄美に一旦帰ってから再び長崎へ来たとは考え難い。しかし、当初は対馬から奄美へ帰るつもりで対馬を出た。その途中に何者かからの連絡を受け、長崎市へ向かった。それとも、自身が気になっていたことを、解決しようと誰かを訪ねた。いずれにしても、推測の域だった。

三人は天堂家をあとにして、一ノ瀬を自宅へ送った後、対馬南署へ向かった。糸瀬が署に入り、梅野を連れて出てきた。

近くの喫茶店で話し合うことにしたのは、署内だと花菱豪三に内通している者がいるとも限らないからだった。

葉之田は、梅野に天堂家で聞いたことを詳細に伝えた。

「やはり、クロちゃんは選挙絡みで殺られた。現場の様子からも竿が岩場にあったのが不自然だと思う。滑って落ちたのなら竿も一緒に海にある筈だ」梅野が言った。

「なるほど、誰かに頭部を殴打された。そう思われるのですか」

「そうだ、その場に倒れたあと海へ突き落とされた。解剖所見にも肺に水が少なかったとある」

あくまでも梅野の推測に過ぎなかった。これが事故として処理されても、何ら不審な点はないように思えた。

このあと、葉之田は長崎署へ戻ることにし、梅野と糸瀬は花菱陣営の動向を注視しつつ、さらに目撃者がいないかを探ることにした。

6

選挙戦も前半を終える頃、両陣営とも連日街頭や各地区での演説に駆け廻っていた。特に、花菱陣営は喋々《ちょうちょう》しいマニフェストをアピールしたり、一人一人に握手を求めたりと白熱していた。状勢は花菱陣営がややリードしており、花菱剛史が行う演説会での雄弁な語りに、有権者が酔わされていた。

それとは逆に白峰高志の演説会は、多くを語らず県民ファーストを前面にした公約を熱弁していた。それは『雄弁は銀、沈黙は金』の諺《ことわざ》があるように、上手く話すよりも黙ることを知ることは大事である。この信念から白峰は、有権者が感じる気持ちを優先していた。

長崎署へ着いた葉之田は、住屋と篠崎に対馬での経緯や被害者・祝角英の行動について報告をした。

「このことは、署内では内密にしておこう。我々三人だけにしないと、漏れると厄介になるからな」住屋が言った。

葉之田は、一旦鹿児島署へ戻ることにした。住屋と篠崎は、花菱剛史の五月八日から九日にかけての行動を内々に探ることにした。

二人は、祝角英殺害に花菱剛史が何らかの形で関与していると思っていた。それは事務所で会った際に、あのマリア様の像について聞いた時に一瞬ではあったが、顔から血の気が引いたのを見逃さなかったからだった。

「なぁシノやん、投票日まで十日余りだが動きがあると思うか」

「ないでしょう。ここでマイナスになるリスクは負わないですよ」

「ただ剛史の行動を探るにしても、誰にどう聞いていいのか見当もつかないし……」と言った住屋は頭を掻いていた。

「逆に白峰事務所で聞いたらどうでしょう。相手陣営としたら、スキャンダルを掴みたいと思うでしょうから」

「でもな、今までにそんなのがあったなら、とっくに公にされているだろう。そんなことは、一切耳に入ってこないぞ」

「それは、一般人と我々警察との見解の相違があるかも。些細なことが、我々には重要なネタになるかもしれません。行ってみましょう」

二人は白峰事務所へ向かった。ここの選挙カーのハンドルをよく握っているS氏が、篠崎の顔見知りであったので真っ先に聞くことにした。

S氏は、県内をくまなく走り廻っていたが、五月八日と九日に特定されても返答に困った様子を見せていた。しかし、日報をつけていたのでそれを繰りながら思い出そうとしていた。

「これか！　八日は長崎市内から南へ廻り、半島を一周する行程でした。その途中の薄暮時だったかな、深堀の町で花菱剛史さんとよく似た人を見かけました。初老の男性と一緒だった覚えだが」

「そのことを、誰かに話しましたか」篠崎が聞いた。

「いいえ、間違いだったらいけないし。まさか、ここにいるのも不自然だなと思いました。自分ですら忘れていたくらいですわ」

「時間は何時くらいでした？」住屋が聞いた。

「う〜ん、陽が長い時季だから午後六時から六時三〇分の間だったと思う」と、S氏が答えた。

他の運動員にも尋ねたが、目撃した人はいなかった。

住屋と篠崎は、事務所をあとにして近くのコメダ珈琲店へ入った。

「シノやん、深堀へ行ってみるか」住屋が言った。

ゆっくりコーヒーを嗜《たしな》むつもりだったが、急ぎ喉へ流し店を出た。

深堀へ向かっている中、住屋の携帯に対馬南署の糸瀬から連絡が入った。内容は、黒岩太一の殺害現場をくまなく調べたところ、白いボタンが土にまみれて見つかったというものだった。

「ボタンが出たと言っているが、どういう関連があるのか」

「恐らく梅さんにとって、重要な物証であるのかも」篠崎が言った。

住屋は車を近くのコンビニへ入れ、対馬南署の梅野に電話をした。

梅野がボタンにこだわったのは、ある特徴があったせいだった。それは、模様としてあった山形の線に、このボタンを見た覚えがあったからだ。花菱事務所へ行った際に、真っ青なパーカーを運動員たちが羽織っており、そのボタンと瓜二つだった。

「梅さん、ホシは花菱に近い人物と見ているのだな。その物証は、今どこに保管されているのですか」

「自分の手元にあります。どうしましょう」梅野は迷っていた。

「科捜研へ送って、指紋を調べてくれませんか」

梅野は、住屋の指示に従い手配した。住屋たちは、コンビニの外にあった喫煙場所で紫煙をくゆらせると再び深堀へと走り出した。

三〇分余りで目撃された所に着いた。そこは、漁船が十数隻係留されている漁港だった。未明から漁に出ていた漁師たちが戻ってくる時間だったのか、網の手入れをしていた。

数人の漁師らに祝角英と花菱剛史の写真を見せながら目撃者を当たっていると、兄弟三人でイサキ漁をしている若者から情報が得られた。彼らは【白峰たかし】の実直さに心を寄せていたせいか、花菱剛史と初老の祝角英が親しそうに話し込んでいる様子に、不自然さを感じたらしい。

「この選挙まっ最中にサングラスをかけ、変装したつもりの花菱が、釣り竿を持ったジイさんに何やら懇願しているように見えたのが気になったので、よく覚えていたのです」三人の中で、一番年上の尚樹《なおき》が言った。

「その二人の話し声は、聞こえませんでしたか」篠崎が聞いた。

「う〜ん」尚樹は腕を組み、空を仰いで記憶を辿《たど》っていた。

住屋はKOOLを差し出し、火を点けてやった。

「あっ！《マリアさまの――》と、言ったのを聞きました」

「その他には？」住屋は、花菱の事務所で見た車のキーを思い出した。

「それだけです。船のエンジン音で消されました」

「それから二人は、どうしていました？」

「花菱が運転するライトバンで、行ってしまったよ」

住屋にとってこの情報は、重要なものとなった。他に目撃者がいないかと数人の漁師たちに会ったが、曖昧な返事しか聞かれなかった。しかし、ここから何処へ行ったのかまでは、皆目見当もつかなかった。

「シノやん、これからどうする」

「……」篠崎は俯《うつむ》き、目を閉じていた。

第五章　麒麟《きりん》のまちへ

1

五月二四日、鳥城警部たち四人は鹿児島から空路鳥取へ向かっていた。やがて眼下に砂丘が見え、程なく滑走路に着地と同時に逆噴射の音が機内に響き渡った。『鳥取砂丘コナン空港』という愛称で呼ばれているここは、あの【名探偵コナン】の作者が鳥取県北栄町出身であったのに因《ちな》んでつけられた。

空港からJR鳥取駅へ向かい、因美線・若桜《わかさ》鉄道を経由して終点の若桜駅を目指すことになっていた。

「カッちゃん、若桜鉄道といえば三タイプの観光列車があるだろ、その中でも【若桜号】に乗りたいけど」

「そうだな、あのブリティッシュグリーンの車体が周りの自然に溶け込み、いい雰囲気を出している」金井も同感だった。

「お前らは電車のことになると、まるで子供だな」鳥城は、揶揄《やゆ》した言い方をした。

「まあ、電車と気動車の違いもわからないオッサンには、到底理解できないだろうけど」と菅野は鼻であしらった。

「なんだと！　電気と空気のことだろ」警部は、自慢気に言った。

その言葉に西村も驚き、背中に冷たい感じを受けていた。やがて列車は、軽やかなエンジン音を響かせながらホームを離れた。終点までは約一時間の乗車だった。

「ところで菅野さんたち、これから向かう若桜町に手掛かりがあると確信してのことでしょう。概要は指宿で聞いたのですが、具体的に話していただきたい」と言った西村に、現役を彷彿《ほうふつ》させる感じを受けた。金井が、その根拠を話し始めた。

「まず、若桜町が麒麟のまちと言われているのは先にお話ししましたが。それと、氷ノ山の玄関口でもあること。さらに、気になったのは被害者の衣服に付着していた『山荷葉』という花が自生している。これらを鑑《かんが》み推測すると、祝角英さんはどうしてもこの町へ来なければならない何かが生じた。恐らく誰かに会うためだった、と思います」

「その人物と祝さんとの関係は、どう繋がるのか？」西村が聞いた。

「医師であるからして同じ立場の人物か、看護師が思いつきます。それが祝さんにとって、最後のカードだったのではないかと……」

金井の中には、やり切れない気持ちもあった。

「切り札ってことですか」西村は、車窓から見える山々を仰ぎ言った。

列車は、郡家駅で因美線から若桜鉄道へと入り、観光客も多く乗ってきた。郡家駅から三つ目の隼《はやぶさ》駅に近づくと、線路沿いの道路にバイクが連なって走る光景が多く見られた。この駅は、夏に全国のライダーたちが集まる祭りが催されていた。いわゆる、ライダーの聖地でもあった。バイクに興味がある菅野は、この駅に寄りたかった。

「隼に途中下車しますけど、西村さんはどうされます」

「ただの興味本意とも思えないのですけど、気になることでも?」西村は、菅野と一緒に降りることにした。

「トリさんは、どうする?」隣に座っている警部に聞いた。

「もちろん、管理官と同じ気持ちであります」調子のいい返答に、金井と思わず《ブッ》と口が緩むと、警部に睨まれた。

隼駅に着き、レトロな木造の駅舎に見とれた。駅前には、ライダーたちが談笑している姿があった。それぞれのバイクを自慢している様子は、年代を超えた見知らぬ同士でも、すぐに溶け込めるようだった。ここは、鉄道ファンとライダーの聖地として人気があった。

「テッちゃん、たまらんな。憧《あこが》れのバイクばかりだ」金井が言った。

そこには、ホンダK0・カワサキZⅡ《ゼッツー》・W1《ダブワン》・マッハⅢ・スズキのカタナやハヤブサ・ヤマハRZなど、バイク好きには大興奮する機種ばかりだった。駅舎の壁には、ライダーたちの写真が数多く貼り付けてあり、金井とつぶさに見ていると一枚の画像で止まった。

「テッちゃん、この人——」金井は興奮していた。

「そうだ、あの人だ！　ここに来たのだ」

花菱剛史が、満面の笑顔で仲間らしき人たちと写っていた。日付は五月九日とあった。他の二枚にも彼の写ったものがあり、三枚とも若い女性が隣にいた。その一枚を剥がし、駅前にいるライダーたちに聞くことにした。その様子を警部に咎められた。

「お前ら刑事みたいなことをして、何がどうしたのか説明しろ！」と、鳥城が威圧的な言い方で叫んでいたが、それを無視して外に出た。

ライダー数人に聞いてみると首を傾げる人ばかりだったが、大阪から来たという五人グループが顔見知りだった。彼らはよくここへ立ち寄り、他のライダーたちと一緒に氷ノ山辺りをツーリングしていた。

「この方ですが、ご存知ないでしょうか？」

「ああ、長崎の【Gナナのコウジさん】です。気さくないい人」

三〇代半ばの人が言った。

「GナナってスズキのGT750のことですか」金井が聞いた。

「よく知ってるね。コウジさんは2《ツー》スト好きで、地元ではDT1で林道を走っていると言っていましたよ」

「では、隣の女性は知っていますか？」

「地元のナッちゃんです、何でも若い時にコウジさんが世話になったそうで【ナッ姉さん】と、呼んでいました。もう六〇を過ぎているのにホンダのＶＴ２５０を駆使するから、たいしたものだよ」

「コウジさんがここに来る時は、いつもこの駅前で落ち合い、あのサ店で珈琲を嗜んでいました。僕らも同席したこともあります」と、五〇代の人は指を差して言った。

いい情報を聞けたので、厚くお礼をして喫茶店へ向かった。その店はログハウス造りが、いい雰囲気を醸し出していた。店内へ入ると、あちらこちらに白や茶・緑色をした綿が、ツリーのまま数色のカラーサンドでボーダー調になった瓶に、凛《りん》として立っていた。

瓶には天理・木綿庵《ゆうあん》作とあり、その方から譲ってもらったのだった。

「これは珍しいですね、綿が三色あるとは知らなかったです」

「いいでしょう、ここの代表は、綿作りを通して不登校やウツなどで、心が閉じこもりがちな人たちのための『居場所づくり』を目指し活動しておられるのです。頭が下がりますよ」

オーナーは、しみじみと言った。

「私も興味がありますから、その方の連絡先を教えて下さいよ」

オーナーと心地良い話題で盛り上がっていると、店の奥から警部の大きな声が響き、他のお客様に迷惑をかけているようだった。

「相変わらず横柄《おうへい》な態度だ、西村さんが気の毒だな」

警部が手招きをしていた。その仕草が招き猫そのもので、我々を小使いとして扱っていると感じた。ムカついたので西村にだけ写真を見せ、ライダーたちから聞いた情報を伝えた。

「噂通りのお二人だ。あなた方なしでは、一連の事件を解決できないと信じております。今後も思い通りに行動して下さい、責任は私らが全て負いますから」西村は、強く手を握ってお願いをした。

「管理官殿、こいつらを甘やかしてはいけませんよ――」警部が口を挟もうとしたが、西村は手で制した。

「トリさん、彼らのお陰で局長表彰などを貰ったことを決して忘れてはいけません」と言った西村にはお見通しのようだった。

警部は西村から言われると、まるで『借りてきた猫』のように頷くだけだった。

他に、駅舎に置いてあった『隼ノート』にも剛史が来た際に書いたと思われるコメントに、熱心なバイク好きだったことが感じられたとも報告をした。

「そのナツさんが気になります。地元の方なら一度お会いしたい」

西村の言葉に金井が、店のオーナーに尋ねてみようと席を立った。

オーナーによると名前は岸本捺美《きしもとなつみ》で、住まいはこの先にある『不動院岩屋堂』という寺院の近くにあるコーポに一人で暮らし、年齢は六〇代半ばだった。勤め先は『エスポワール若桜』というデイサービス施設で、看護師として働いていた。

「エスポワールとは、いい響きです。フランス語で希望ですね」と、金井は感心していた。

「よくご存じ。私もオシャレなネーミングだと思います」オーナーが言った。

「その岸本さんは、ここへよく来られるのですか？」西村が聞いた。

「そうです。毎週、土曜日か日曜日のどちらかは必ずお見えになります。いつもカフェラテを、あのお席で嗜まれていますよ」オーナーは、隼駅前がよく見渡せる席を指して言った。

「岸本さんにお会いしたいのですが、連絡を取って下さることは可能でしょうか？」

オーナーが不審そうな表情を見せたので、西村が鳥城警部にバッジを提示するように目で促した。しかし、鈍感な警部には伝わらず、しきりに顔を捻《ひね》り西村を見つめるだけだった。

「警部、桜田門を見せて」金井が、シビレを切らして言った。

オーナーは、驚きと不安が同時に湧いたらしく顔色を変えた。

「岸本さんに、何かあったのですか？」

「いいえ、彼女ではなく花菱さんに関してお尋ねしたいのです」西村が答えた。オーナーは、それを聞いて安堵《あんど》したようで岸本に連絡を入れてくれた。

明日土曜日の朝八時頃に、来てくれることになった。

このあと一行は、不動院岩屋堂へ行くことにした。何故なら、そこで数人のライダーと一緒に写ったものや、花菱とのツーショットの写真も何枚かあったからだった。

『不動院岩屋堂』は【日本三大投入れ堂】としても有名で、岩窟内にある舞台造り（京都・清水寺の舞台と同じ）は、西暦八〇六年に飛騨の匠が建てたもので、重文に指定されている。本尊である不動明王も【日本三大不動明王】と言われ、弘法大師空海が三十三歳の時に刻んだものだった。

「警部さん、普段の穢《けが》れを削《そ》ぎ落として清新な心を得られるように拝んで下さいよ」と、日頃の態度に対して嫌みを込めて菅野が言った。

「相変わらず仲がいいですね。こういうやり取りをしながら、これまでも難事件を解決していったのだから羨《うらや》ましいです」と、西村にとっては体験したことのない雰囲気を楽しんでいるようだった。

国道29号線から脇道へ入り、やがて川沿いに走ると赤い橋があり、その先に鳥居が見えた。さらに進むと駐車場があった。そこから徒歩で戻り、あの赤い橋を渡り参道を進むと正面に投入堂が見え、間近で仰ぐと岩窟にすっぽり入る建造物に感動した。

横には岩屋神社があり、寺院と神社が並ぶことも不思議な感覚を醸し出していた。境内を掃き掃除していた初老の人に話しかけた。

「ご苦労様です。お尋ねしたいのですが、ここはバイク乗りの人たちがよくお参りされますか？」

「多いですな、道中の安全をお願いする方をよくお見かけします」

「この人ですが、見覚えはありますか？」金井が写真を見せた。

「ナッちゃんだな、こっちは弟さんのようなものだと、聞いたことがあります。よく一緒に立ち寄ってきますよ」

澤田という初老の男性は、毎週末には寺院と神社の清掃をしていた。岸本捺美は、ここら辺りの人たちとは顔見知りのようだった。西村が、神社に納められた絵馬を見ながら言った。無人の神社だが本殿前に、初穂料として三百円を納めれば絵馬を頂けた。

「二人の絵馬がありますか。日付は、写真と同じ五月九日です」

「絵馬は皆さんが納めますか？」

「そうでもありません。一年で五〇枚くらいですわ。一月十五日の左義長で燃やしますから」

と、澤田が言った。

「これは！」西村に似合わず大きな声を発した。

その声に皆が驚き駆け寄ると、絵馬に書かれた名前に、我々をここへ来させた宿縁を感じた。祝角英とあった。

「被害者がここへも来たのだな。益々、繋がりを感じます」西村は、目を閉じ仰いでいた。

「この方を見かけたことはありますか？」と、澤田に祝角英の写真を見せて尋ねたが、思案顔をしていた。無理もない。度々訪れたとも思えないし、特徴がある風体でもない。投入れ堂は立入禁止であるから、階段の下に柵がありその前で拝むことになる。警部が、そこにじっと立ち一点を凝視する姿があった。

「警部！　どうしたのです？　何かに取り憑《つ》かれたようで」

その姿勢は、いつもの警部とは違う雰囲気があった。

「あの本堂に何かがある、と感じる」

「トリさん、刑事の勘というやつですか。経験からくるのでしょう」西村は、自身も現役の時に経験したのを思い浮かべて言った。

「いいえ、管理官殿に比べたら私の直感など取るに足りません。しかし、気になるのですよ」

警部の真剣な眼差《まなざ》しが本堂へ注がれていた。

澤田に入れないかとお願いをしたが、三月と七月の岩屋堂大祭以外は無理だと言われた。だが、そこは桜田門に力を借りて納得させた。ただし、本尊には決して触れないこと。空海（弘法大師）が三三歳の時に刻んだ本尊は、日本三大不動明王でもあり重文に指定されていたからだ。

三〇数段を上り舞台造りの元から仰ぐと、荘厳な建物が一層際立っていた。本堂へ入るとより清廉な空気感が漂い、誰もが口を閉じ、俯きながら佇んだ。警部は、三宝《さんぽう》の脇に置かれた硬貨が光を放っているのが気になり、目を凝らしていた。

「この金貨の肖像はケネディだが、どうしてここに？」

「祝さんだ、ここへ来たことに間違いない」西村は確信した。

メモが置いてあり〈ＥｉｎｚｉｇｅｓＨｅｒｚ　ＫＩ〉と書いてあったが、何を意味するかは誰も理解ができなかった。

2

翌土曜日は岸本捺美に会うため喫茶店へ向かった。昨日は、投入れ堂をあとにして隼駅まで戻り、ライダーたちがよく泊まる民宿で一夜を過ごした。重要な情報が得られたことで、この不可解な事件に一筋の明かりが差した思いは皆が感じていた。しかし、まだ謎に包まれた過去を解かないと、出口が見えてこないとも思っていた。これから会う女性が、そのベールを外してくれるのを期待していた。

オーナーが気を遣ってくれて、個室を用意していてくれた。

十数分待つと軽やかな排気音がして、ヘルメットを抱えた女性が入口に立ち店内を見渡していた。それを見たオーナーが、一緒に一行のところへ来た。お互い自己紹介を済ませ、岸本はいつものカフェラテを注文した。テーブルに置かれたバイクのキーに付いていた、あのマリア像と黄色い紐に、四人の眼《まなこ》が集まった。

「早速ですが、花菱さんとのことを伺いたいのです。どういうご関係ですか?」西村が切り出した。

「話せば長くなりますが、私が若い頃に看護師をしていました長崎のある病院が、そもそもの始まりです」

「その病院で何があったのですか？　差支えのない範疇《はんちゅう》で結構ですからお話し願えませんか」

岸本は当時正看護師になったばかりで、端島《はしま》（軍艦島）は日本で一番活気があり、生活も最新の家電を備えたりした『理想郷』だった。

「そうすると岸本さんは、二〇歳で正看だったわけですね。そんなに若く正看になれるのですか？」金井が聞いた。

「私は、衛生看護科のある高校でしたから十八歳で准看を取り、卒業後二年間看護学校へ通って二十歳で正看になりました」

「そうですか、最短で正看になったわけですね。岸本さんの生まれは長崎ですか？」

「ええ、佐世保です。母も看護師をしていました縁で、人手が足りなくて困っていました端島病院の職員になったのです」

「その病院に、祝先生がいらっしゃった」

「そうです、先生は外科の名医で、島の皆さんから大《おお》先生と頼られていました。私も同じ科でしたから先生を尊敬していました」

島で唯一の端島病院は、四階建てで最新設備を備えていた。炭鉱の島であったため骨折などの外科的処置が多く、祝角英はその部長医師であった。閉山が年明け早々に迫った昭和四八年のクリスマスに、一つのドラマチックな出来事が起きた。

ここまで〈じっと〉耳を傾けていた警部が、口を開いた。

「岸本さん、キーホルダーの紐とマリア像についてお尋ねしますが、どういった経緯であなたが持っているのですか？」

いつものデリカシーのない警部のストレートな問いかけに、一同は顔を見合わせた。

「どうした？　トンビがタカを生んだような顔をして」

「トリさん、いきなりそれを聞いたら岸本さんに失礼です。まずは、端島での経験を伺ってからにしないと」西村は話を戻そうとした。

「そうですよ、結論ばかり急いで出したがる悪い性格です。今までも度々ありました、本当に困ったものです」

「素人は引っ込んどれ！　これは非常に重要なポイントだ」

このやり取りに、岸本は唖然《あぜん》としていた。

「失礼しました、漫才だと思って下さい。話は戻りますが、閉山後はあなたたち病院の人たちも当然島を出られたと思いますが、祝先生がどこへ行かれたかご存知ありませんでしたか？」と、西村の主導で核心へ進み始めた。

いつもの警部なら憮然《ぶぜん》とした態度を見せるが、西村の前ではそうはいかないらしく手帳を出しメモを取る様子を見せた。

「先生と私たち五人の看護師が最後まで島にいました。入院されていました鉱夫の方たちの転院先を手配するのに時間がかかったからです。先生は、故郷の奄美大島へ戻ってのんびり釣りでもして、落ち着いたら診療所をやろうかと、仰っていた覚えがあります」

「その後は、連絡を取っていました?」

「していないです。私は実家に戻り、佐世保市内の個人病院に勤務していました。一〇年くらい経った時、この若桜町に住む友人から、新たに開業する高齢者の施設で看護師を探していると連絡をもらいまして、悩んだのですがこちらへ越してきました。今の『エスポワール若桜《わかさ》』は、その時の施設の名称が変わっただけです」

「では、祝先生が現在どうされているかはご存知ない?」

「五年前に会ったきりです」

「その後は、連絡はありましたか?」

「ありませんでしたが。先生に何かあったのですか!」岸本は身を乗りだして聞いた。

「トリさん、お願いします」西村はこのことについては警部から伝えた方がいいと思った。

警部は、五月八日深夜に祝角英が軍艦島で何者かによって殺害されたことを伝えるとともに、被害者の所持品からこの町を特定して、何故ここへ来たのかを探りたくて一行が来たことを言った。

岸本は、祝が亡くなったと聞いて目を潤ませ拭《ぬぐ》った。

「私、とても悔やまれます。五月一〇日のお昼頃に、お会いする約束をしていましたから」

「何ですって！　殺害された翌日に約束があったと。詳しくお聞かせ下さい」西村は興奮気味で言った。

岸本によると、祝角英から連絡があったのは五月一日で〈とにかく会いたい。詳しいことは会ってから話す〉としか言わなかったらしく、一〇日に鳥取駅から若桜鉄道に乗ったら連絡が入る約束を取っていた。岸本は、夕方まで外出せず連絡を待ったが、来なくて心配していた。祝角英の携帯へ何度もかけたが電源が入っていない案内ばかりだった。

「誰が先生を殺したのですか！」と、岸本は話し終えると悲しみより怒りが湧いてきたらしく、激しい口調で言った。

「それは、我々が必ず真犯人を突き止めます。その一〇日に、祝先生があなたに会いたかった理由が気になります。些細なことでもいいですから、連絡の会った際に何か聞かれたことはないですか？」

岸本は、必死に思い出そうとしていた。

「一つだけ聞かれました〈あのマリア像は今もあるか〉と言われましたので、いつも身近に持っていますと答えました。それだけでした。ただ、先生が若桜鉄道に乗り慣れていらっしゃる感じを受けました」

「どうして、そう思われたのですか？」

「先生とは、終点の若桜駅で待ち合わせをしたのです。私は、隼駅をお勧めしたのですが〈あそこはライダーが多くてゆっくりできない〉と言われました。よくご存知なので驚きました」

「実は、昨日『投入れ堂』に行ったのです。その本堂にケネディの金貨が納めてありました。祝先生は奄美大島在住でしょう。これは先生が納めた物だと思いました。それに、掃き掃除をしておられた澤田という人に写真を見せたのですが、記憶にないと言われました」

「澤田さんでしたら知っています。先生がここに来ていたなんて、何の用事だったのでしょう？」

「それが今回の事件を解くカギかもしれません。心当たりはありませんか？」

岸本は、首を横に振るだけだった。

「あの国道は、どこまで続いていますか？」金井が突然尋ねた。

「峠を越えてそのまま行けば、宍粟《しそう》市山崎ＩＣで中国自動車道へ入れます」と、岸本は答えた。

「カッちゃん、それがどうしたのだ」

「いや、ライダーたちがどうやってこの町へ来たのかな？　と、思ったからだけさ」と言った金井の目は動揺していた。

金井が本題から外れたことを気にする時は、何かの目論見《もくろみ》があるからだと、菅野は長い付き合いで感づいていた。

「金井君、どうでもいい質問するな。道なのだから何処かにつながっているに決まっているだろ」警部が余計な口を挟んだ。

しかし、西村は金井の仕草を感じ取り、切り出した。

「金井さん、何を気にしている？　我々はチームだ、些細なことが大きな収穫にもなるから言ってくれ。なぁトリさん」

そう言われた警部は、冷や汗をかいたようで顔を拭っていた。

「レアメタルについて考えていました。祝先生の所持品にあった物です。ここに来るまでにネットで検索したのですが、この近くに業界ではトップクラスのレアメタル選鉱場があるらしいからです」

「それか！　対馬の事件とも関連してくる。詳しく聞きたい」

その西村の意気込みは、第一線から退いた西村とは思えないオーラが出ていた。

祝角英がこの地に来ていたのは、あのレアメタルにどれぐらいの商品価値があるかを確かめるため。これが金井の推測だった。

古来よりこの地は製鉄が盛んで『たたら製鉄』と呼ばれ、砂鉄を主な原料として良質な鉄を生産していた。今でこそ製鉄業は衰退したが、各地から運ばれてくるスクラップから多種の希少金属を取り出す技術は優れていた。数社ある加工場の中でも、レアメタルを専門に扱うのが【萬山《まんざん》金属株式会社】だった。

「岸本さん、この会社はご存知ですか？」金井が聞いた。

「知りません。どの辺りにあるのですか？」

「たしか、WEBの地図からすると、国道29号線の戸倉峠を過ぎて兵庫県に入り、少し行った辺りだった記憶です」

「あぁ、わかりました。若桜街道から戸倉スキー場へ行く交差点に大きな看板がありました。あれは【萬金】だった筈です、てっきり骨董店かと思いました」

国道29号線は、戸倉峠を境に兵庫県側を因幡《いなば》街道と呼ばれ、鳥取県側は若桜街道と呼び親しまれていた。

「これから行ってみましょう。岸本さん、案内してもらえませんか」

「今日は午後出勤で駄目ですが、明日なら大丈夫ですよ」

明朝も朝八時に再びこの店で落ち合い、岸本はバイクで我々を先導して向かうことに決まった。

「もう一つ、この写真を見て下さい」と、祝角英の衣服に付いていた花粉からわかった『山荷葉』の花を見せた。

「これって〈シンデレラの花〉ですわ。昼間は白い花が、朝露の湿った間だけガラス細工のような透明になるの。最近はSNSでも話題になり、見に来る人も多くなったと聞いています」

「そんな幻想的な花なら一度見たい。明朝お会いする時間を早めてもいいですか？」

「いいですよ、ご案内します。戸倉峠から徒歩になりますが、氷ノ山への登山道を少し行けば多く自生しています」

五時三〇分に待ち合わせと約束した。

「話を戻しますが、昭和四八年のクリスマスに端島で何があったのですか?」

岸本は、祝角英の面影を浮かべながらも気丈な性格のせいか取り乱したりはせず、涙を溢れさせながら端島で最後の出産に立ち会った時の様子を淡々と話し始めた。

それは、医療に関わる者にとって倫理に反することをしてしまったと、うしろめたい気持ちはあったが当時の状況では、それに従うしか選択肢はなかった。

岸本の記憶によると、その日の深夜に二組の夫婦に出産が迫っており、医師は祝角英だけで看護師として二人が当直だった。そんな状況下で、両夫婦の出産に大慌てしていた。そのうちの一組が、花菱豪三夫妻だった。病院には、豪三の父である榮治《えいじ》も初孫を楽しみに来ていた。豪三は、当時の三菱鉱業(現、三菱マテリアル)に勤務しており、妻と共に端島炭鉱に赴任していた。

「十二月二四日から二五日に日付が変わる頃でした。どちらのご夫婦も陣痛が起きており、一つしかなかった分娩室にベッドを並べて処置に当たっていました」

「その日は、岸本さんが夜勤だったのですね」金井が聞いた。

「そうです。祝先生と私、もう一人の看護師は宮澤佳子《みやざわよしこ》さんでした。花菱さんともう一組の杉田さんご夫妻は、ほぼ同時の出産でした。杉田さんは、最後まで残った抗夫五人の一人でした」

「しかし、岸本さんは四十数年も前のことなのに、よく覚えていらっしゃるから羨ましい。ワシなんぞ、昨日のことさえ思い出すのに困るのが度々あるくらいです」警部が、感心した口ぶりで言った。

「度々じゃなくて、年中でしょう」

「こらっ！　お前らに言われたくない」

この言い方に西村も含まれていると勘違いしたらしく、顔色が変わった。

「トリさん、失礼だぞ。私ならまだしも、前にも忠告したが有能な菅野さんや金井さんに対して——口を慎みなさい」西村が言った。

「岸本さん、続きをお話し願います」

「先ほど西村さんが言われた通りで、仲がいいですね。ご一緒に行動したくなりますわ。では、続きをお話しします」

四人は、身構えるように姿勢を整えていた。

「両ご夫妻とも男の子を出産しました。ただ、花菱さん側のお子さんが早産だったせいで、極低出生体重児だったのです。それに対して杉田さん夫妻の子は、四〇〇〇g近い元気なお子さんでした。私たちは、花菱剛史さんの祖父が地元の有力者であることは知っていました」

「その極低体重児と未熟児は、違いますか？」金井が聞いた。

「体重が、一五〇〇g未満の子を指します」

「そういったお子さんは、障害等のリスクが高いのでは」

「仰る通りです、最悪の危険も伴います」

「まさか！　花菱さんのお子さんが亡くなった」

「ご想像にお任せします……」

岸本は、それ以上語りたくない口ぶりだった。

「既に二人の関係者が亡くなっています。祝先生と、その知り合いの男性です。岸本さんもそれに関わっている一人だと私は思いますし、あなたにも危険が迫っているかもしれません。ここは記憶のある限り全てお話し願いたいのです」西村は、真剣な眼差《まなざ》しで言った。

その説くような願いを聞き、岸本はここ一、二か月の間に、身の回りでいつもと違うことがあったのかを思い出していた。

「そういえば、四月下旬頃でしたが勤務が終わって帰宅する際に、止めてあった私のバイクに近寄り、くまなく何かを探している男性を見かけたので駆け寄ったのですが、私の姿を見るなりCBXに跨り逃げられました」

「CBXとは何です？」警部が口を挟んだ。

「口を出さないで！　あとで、ゆっくり教えてあげますから」岸本が声を荒げた。

「どうしてCBXだと？　その男とバイクに見覚えでもありましたか」西村には、バイクの機種は理解できていた。

「赤白ツートンの車体です、私も乗りたいバイクでしたから。それと、男はヘルメットを被《かぶ》っていて顔はわかりませんでした」

「他に気がついた点がありましたら、何でも言って下さい」

岸本は、う〜んと呟きながら思い出そうとしていた。

一行は、その男が探っていたものは何かを考えた。すると、警部が真っ先に口を開いた。

「まぁ、あれだな。バイクを盗もうとしたのだな」

警部の稚拙とも思われる言葉に、三人は顔を見合わせた。

「警部、冗談は顔だけにして下さい。男は自分のバイクで来ているのですよ。なのに盗んだらどうやって逃げるのですか？」菅野が問い詰めた。

「そ、そ、それはだな……」言葉に詰まった。

「そのマリア像だと思います」と、金井はキーホルダーを指した。

「これですか？　端島から去る日に祝先生から貰いましたけど」

「先生から渡された時、何か言われましたか？」

「『この先の人生で経験する様々な災いから必ず守って下さるから、肌身離さずお持ちなさい』と、言われました」

「この謂《いわ》れを、ご存知ですか？」と、西村が聞いたが、岸本は首を横に振った。西村は、マリア像に由来する『三つのプロミス』の話説を教えた。

「岸本さんからこれ以上お聞きするのは酷でしょうから、私なりの推測を述べますが、皆さんいいでしょうか」菅野が言った。

「待て待て、ここは現職のワシから。これまでの経緯を踏まえて犯人像を推理してみた」警部が、自信に満ちた言い方をした。大した推理ではないことは、数年来行動を共にしていたので、期待しないで聞いてみた。

警部は〈う、う、うん〉と、軽く咳払いをしてから講釈を始めた。

「この一連の流れから選挙にまつわると思う。相手陣営のスキャンダルを握って、それをネタに優位に進めようとした。つまり、花菱陣営の中に犯人がいる」

「警部さん、花菱って？　ひょっとしてコウちゃんのことですか！」と、岸本が驚いたように言った。

花菱剛史が政界に出ることを、岸本には知らされていなかった。

「あんた、知らなかったのか」警部の馴れ馴れしい言い方に、菅野たちは唖然とした。

「あんた？　私、こんなデリカシーの欠片《かけら》もない刑事さんとは一切話したくありません」案の定、岸本の機嫌を損ねた。

慌てて西村が取り繕って収めた。いつもなら葉之田刑事がフォローしてくれる。いつどこでも、マイペースな警部に翻弄《ほんろう》された。

「お時間いいですか？」と、西村が午後勤務だった岸本を気遣った。十時半を過ぎていた。岸本は、ＯＫの合図として頷いた。

「警部の推理は別としまして、聞いてください。あの夜、花菱豪三夫妻の子が亡くなった。権力者であった祖父の桀治は、ある策略を講じた。それには、医師の協力が不可欠であった。子供の《すり替え》だったのでは……」

「おいおい、そんなことが許されるのか」警部は泡を食った。

「岸本さん、菅野さんの推測はどう思われます？」西村が聞いた。

「驚きと慚愧《ざんき》の念でいっぱいです」と言いながら、岸本は俯き目を伏せていた。

「現代では絶対に有り得ない。しかし、当時の端島は閉山も迫り、日に日に人々も島を離れていったと思います。医療に携わる方は、患者がいる限り去るわけにはいかない。祝先生も、花菱桀治が病院経営に多大な支援をしているのは知っていた筈です。断腸の思いだったと推察します。その自責の念を背負いながら、過ごされていたと思います。敬虔《けいけん》なクリスチャンだった先生は、心の内にある悔悛《かいしゅん》を常に抱いていた。そうして数十年が経ち、花菱剛史が政界に出ようとしていることを知った。祝先生にとっては、この上ない喜びだったと思います。励ましの意味も込めて会いたい思いが湧き、長崎を訪れた」

「それから、どうなったのだ」警部が菅野に聞いた。

「多分、会ったと思いますが、その後はわかりませんよ」

「岸本さん、私も菅野さんの推理には同感する。しかし、それを裏付ける証拠のカルテ等も処分されていると思う。その場にいたあなた方三人が、口を噤《つぐ》めばいいだけだった。祝先生から箝口令《かんこうれい》を受けたと思います。どうですか？」と、西村が聞いた。

岸本は何も答えず、ただ頷くだけだった。

「最後にお聞きしたいのです、この金貨の横にあったメモですが何の意味でしょうか？」と、一昨日に『不動院岩屋堂』で写真を撮った英文らしき〈Ｅｉｎ……〉を見せた。

「これはドイツ語です。意味は『心ばかり』と、訳します。どうしてこれを？」岸本は興味を示した。

「恐らく、祝先生が置いていかれたと思います。凡才な我々ではドイツ語は無理でした」

「凡才はお前さんだけで、我ら三人と岸本さんは才人だ」警部が口を出した。

「では博学多才な警部殿にお聞きしますが、どう発音しますか？」

「えっ！　それはだなぁ……」額に脂汗が滲《にじ》んでいた。

「先生らしいです。人の為なら、何事にも最善を尽くしていらっしゃいました」と、岸本は仰ぎ回顧していた。

3

五月二六日午前五時三〇分に待ち合わせた後、岸本の駆るＶＴ２５０に先導される形で、まずは戸倉峠を目指した。あの『山荷葉』の花を見るためだった。現在は峠を貫く新しい『新戸倉トンネル』が開通して、冬場でも通り抜けが可能となったが、それまでは曲がりくねった旧道だった。一行は、敢えて旧道へ入り高度を上げていった。

やがて『旧戸倉トンネル』が現れたが、頑丈なバリケードで塞がれており、道はそこで行き止まりとなった。そこからは徒歩で進んだ。

しばらく歩くと、深山幽谷にしか自生しない神秘的な花が一面に咲いており、その花弁は透明なガラスの靴そのもののようだった。

「《これを見た人は幸せが訪れる》との言い伝えがありますから、皆さんにきっといいことがありますよ」と、岸本は笑顔で言った。

「これ採ってもいいですか？」と、警部が無粋《ぶすい》なことを言った。

「駄目です！　ここは『氷ノ山《ひょうのせん》後山《うしろやま》那岐山《なぎさん》国定公園』内です。植物の採取は、自然公園法で規制されています。自身の立場を、わきまえて下さい」金井は厳しい口調で言った。

「そうだよ、法の番人が聞いて呆れる」

二人に説かれた警部は、悄然《しょうぜん》としていた。

「いいかトリさん、二人は自然環境局の方だぞ。敵わないさ」と、西村は警部の方を軽く叩いて言った。

「相すまん、カカァに見せてやりたかったのでつい……」

「警部さん優しいですね、でも高山植物は平地では育ちません。それを見たくて足を運ぶことに価値があるのです」と岸本が言った。

「この峠は、あの羽柴秀吉も鳥取城攻めの際に越えたのです」金井が学者っぽく両手を広げて言った。

「さすが博学多才だ。なぁトリさん」西村が笑顔で言った。

警部は、つい先ほど自分が言われた言葉に苦虫を噛んだ表情をしていた。

和やかな会話をしつつ車へ戻ると、岸本が戸倉峠の名物料理である滝流しそうめんを勧めた。

それは、氷ノ山系から引いた雪解け水を、長さ三〇mもある樋の中を播州《ばんしゅう》素麺が流されてくるのだった。樋は何本も並べられ、一人一本の専用だった。

岸本は、額から胸へ、そして右肩から左肩へと、十字を切ってから麺をすすった。

「おや？　岸本さんは正教会ですね」西村が聞いた。

「実家がそうです。ひょっとして西村さんもクリスチャンですか？」

「私は、カトリックですがね。でも同じ信者に変わりません」

警部は、しきりに首を捻っていた。

「管理官殿、その違いは、どこにあるのですかな」

「私たちは、日常のいろんな場面で十字を切ります。でも、正教会とカトリックでは切る順序が少し違うのです。正教会では右肩から左肩へ切り、カトリックはその逆なのです。違いを問われてもわかりません。古来よりその順でした」西村が説明をした。

「警部さんは、仏教かと思います。食事の前に〈いただきます〉と言ってから手を合わされるでしょう、それと同じです。感謝の気持ちは、どの宗教でも共通だと思います」岸本が補足した。

和やかなムードになり、再び岸本が先導して目的の金属会社へ向かった。引原川沿いを下るように国道を進むと、やがて【萬金】の看板が見えた。右折して橋を渡って程なく、レンガ造りの洒落た感じの工場に着いた。古風な社名から想像していたのとは裏腹に、事務所はログハウスだった。連絡を入れてあったので、快く迎えてもらった。自己紹介と共に、岸本との関係も話した。

まず管理部長の吉川から事業内容を聞き、この事業が資源に乏しい我が国にとって、なくてはならない事業だと痛感した。

「早速ですが、この男性に見覚えはありますか」と、警部が写真を見せた。

「祝先生ですね、度々いらっしゃいました」

「ビンゴ！　金井さん凄い」岸本は子供のように、はしゃいだ。

金井は、自分が昨日言ったことで岸本に褒《ほ》められ、満面の笑顔を浮かべていた。

「目的は、レアメタルだったのですね」と、金井が言った。

「そうです。一口にレアメタルと言っても三十一種類の鉱物があります。祝先生が持ち込まれたのは、タングステンの含有率が高い物でした。それは銀色で、切削工具、特に超硬合金を作るのには不可欠なものです」

「超合金ならマジンガーZだな」警部から思わぬ言葉が出た。

〈開いた口が塞がらない〉とは、よく言ったもので、皆が唖然《あぜん》としていた中、すかさず管理部長が助け舟を出した。

「警部さん、あれは亜鉛のダイキャストで『超合金』の名も造語ですよ。ゴロ合わせにつけただけで、現実味は全くありません」

この説明は、警部の突拍子《とっぴょうし》もない言葉を和らげた。

「ところで祝さんは、御社が分析されるまでは、その鉱物がタングステンだったとは知らなかった筈です。どこで入手されたのかを、言われましたか」と菅野が聞いた。

「対馬の知り合いから貰ったと、聞いた覚えがあります」

「対馬の天堂家にあった物だと思います」と、金井は西村に耳打ちをした。

西村が同じ思いであったのは頷《うなず》く仕草で読み取れた。

「祝先生が何度も来た理由は、成分分析だけではなかったと思います。それが重要なカギでもあると私らは考えています」

管理部長は、会社としても希少価値の高い金属であったため、興味深い対応を示していた。ただ、祝としては商業的な気持ちは全くなく、価値の目安を知りたかっただけだった。

「こちらは商売の話を進めようとしていたのですが、頑として聞き入れられませんでした。先日、あなた方からご連絡を頂いてから、今度こそは商業ベースに乗せるようにと、上層部からも言われていました。そのことでお越しになったのでは？」と、管理部長は期待を込めて言った。

「ご期待には添えません。私たちは、ある事件の捜査で来たのです」

西村が答えた。

「まさか！　祝先生が――」管理部長は、驚きと落胆の表情だった。

「実に残念です。だからこそ、必ず犯人を挙げたい一心で来ました」

「わかりました。何でも聞いて下さい、協力しますから」

「先生が御社へ度々来られたのは、他の目的もあったのでは？」と西村が聞いた。

「先生は氷ノ山がお気に入りでした。よく花の写真を見せていただきました。中でも『山荷葉』は、特別でした。何枚もあったと思います」と、管理部長は自社のポスターを指した。この花を使っていた。

「たしかにあの花は神々しい感じを受けました。しかし、祝先生はこの花の何に魅了され、虜《とりこ》になるくらい夢中になったのでしょうかね」西村が言った。

「私が思いますには、朝露に濡れ純粋な透明の花がやがて白くなっていくように、自身の心底にあった〈しこり〉を払拭《ふっしょく》できた、と感じられたのでは」岸本が言った。

「それは、あの端島での事象だった」と、西村が言った。

「そうだと思います。私も、わだかまりを引きずっています。祝先生が、今際の際になぞった《氷ノ》は、この花への思いを込めていたのでしょうね」

「しかし、山荷葉を指したとしたら、謎が一層深まる感じがします」金井は疑問あり気に言った。

この謎を解くカギさえ探り当てたなら、一気に解決へ向かうと誰もが思っていた。

「視点を変えてみましょう」と、菅野が言った。

「どう変えるのだ？　氷を水にでもするのか」警部が口を挟んだ。

「そう、山ではなく例えば氷の中とか」

熱い討論が交わされ、この事務所で捜査会議を開いていたかのようだった。官民一体と言うには大袈裟ではあったが、現実の警察組織では有り得なかったことに、西村は益々現役再来のようだった。

「吉川さん、御社に氷ノ山に詳しい方はいらっしゃいますか？」西村が聞いた。

「ええ、山登りが趣味の東山がいいでしょう。今、呼びます」

「西村管理官殿、やはり山が気になりますか？」警部は、自分が言ったギャグをスルーされた気がしていた。

「別にトリさんを無視したわけではないよ。私は、氷ノ山にヒントがあるのは間違いないと思う。しかし、山として捉えると範囲が広くて漠然《ばくぜん》としている。そこで、雪を圧縮させた室《むろ》を指すのでは？　と考えたのです」

「氷河の形成と同じ論理ですね」金井が言った。

工場主任の東山が入ってきた。彼は、地元で生まれ育った経験を活かして休日にはこの国定公園内のガイドをしていた。

雪室については、地酒を室に入れて熟成させた『雪中氷《せっちゅうひょう》』の銘柄で販売するための室があるにはあった。しかし、酒造会社の所有であり、一般人が立ち入るのは無理だった。他に、雪渓の有無を尋ねたが初夏には全て解けて残っていなかった。

「東山さん、《氷ノ》で思い浮かぶ建物とか知りませんか？」と金井が聞くと、東山は深く考え込んだ。

管理部長が、氷ノ山周辺の地図を用意してくれた。一行は広げて、それらしい建物を調べた。

「関係があるのかわかりませんが、途中に氷ノ山の眺めが良い開けた所にお堂があります。これは登山道ではなくハイキング向けのコースにあり、地元では【氷ノのマリアさん】と、呼んでいます。その訳は、お地蔵さんの横に木彫りのマリア像が祀《まつ》ってあるからです」

東山の言ったことに、皆が驚愕《きょうがく》した。

「祝さんと最後に会われたのはいつですか？」

「四月二〇日です」

東山が即答できたのは、この日が自分の誕生日だったからだ。

4

五月二五日午前十時頃、兵庫県北部の香住《かすみ》海岸で女性が倒れているのを、地質調査に来た城北大学・地学学科の人たちが発見した。

この大学の調査は、半年前から坂下准教授がリーダーとなり、教室の学生四人がJR香住駅前に宿を取りながら進めていた。調査の目的は、海岸に現れている新第三期からなる地層に、ある希土類《きどるい》が含まれている説が発表され、その採取と地層の規模を調べる為だった。

「これは他殺か、自ら絶ったのか？　検死しないとわからん」と、美方《みかた》警察署から急行した矢部は思案していた。

所持品は全く見当たらず、身元の特定に難航する予感があった。捜査員が付近の捜索に全力を注ぐ中、矢部は鑑識と共に遺体をくまなく観察していた。特に索状痕などの外傷がないかを探っていたが、全く形跡が見当たらず困惑していた。

第一発見者の学生たちに、被害者以外の人物を見かけなかったかと聞いたが、早朝でもあったせいか誰にも会っていなかった。

「あった！　矢部警部、携帯がありますよ」海水に浸かっていたが、海面に浮く携帯に付けられているストラップから、明らかに女性が持つ物であるとわかった。

電源は入らず、通話履歴等の復元は鑑識に委《ゆだ》ねられた。他に、遺留物は発見できなかった。着衣に乱れはないが、左手の中にチェーンの付いたマリア像が握られており、最後の力を振り絞って首から引きちぎったと思われた。物証や周囲の状況から鑑《かんが》みて他殺と断定するには現段階では無理があった。

美方警察署では、他殺を視野に入れて当たることになった。六名の捜査員体制で進めていくことになり、指揮を執る矢部は身元の特定を最優先に聞き込みをする指示を出していた。

香住海岸への最寄り駅は、JR山陰本線・香住駅だった。冬場この駅は、『松葉ガニ』を目当てに大勢の観光客で賑わう。大阪発播但《ばんたん》線経由の特急はまかぜは、全列車が停まる。

「この駅で降りて、タクシーで海岸へ向かったと思うのだが……」矢部は地図を広げて指をなぞった。

「徒歩で行くには遠いですから」と、傍《かたわ》らの土屋刑事も同感だった。

駅前のタクシー乗り場で聞き込みをしていた刑事から、目撃者が見つからなかった報告を受けた。

「一体、どうやって行ったのだ?」矢部は苛立った。

そんな重苦しい雰囲気の中、携帯の復元に苦労していた鑑識からも追い打ちをかけられた。

「矢部さん、塩水でＳＩＭカードも腐蝕して無理でした」

「やれやれ、身元の特定に一番当てにしていたのに……」と、矢部はため息を吐いた。

これといった手掛かりも得られないまま、時間だけが過ぎた。

司法解剖の結果が届いた。その内容に、謎が一層深まった感を持った。それは、死因についてで、今まで携わった事件にはなく、対応に悩んだ。

【身長一五八cm・体重五〇kgで、死亡推定日と時間は五月二五日午前七時から八時の間、死因・リシンによる中毒死。左二の腕内側に針を刺したような痕があり、そこから毒物が入ったと思われる。

尚、リシンは猛毒であり致死量は成人五〇kgで約一・五mgといわれ、毒作用は服用量にも依るが上記の量だと凡そ一〇時間くらい。解毒剤は存在していない。トウゴマの種子から抽出されるタンパク質である。

しかし、この種からは高粘度の植物油『ひまし油』が採れ、石鹸やてんぷら油処理剤（凝固剤）・香水・医薬品の原料等に広く使われている。この植物は栽培品種が多くあり、現在は世界中に分布しており、公園などの観葉植物としても利用されている。

左拳に握られていたマリア像には、背後に刻字がありＦｏｒ・ＩＷＡＩと、あった】

「参ったな、化学の知識はないぞ。それに、トウゴマなんかそこら中に生えとる」矢部は頭を掻《か》きながら言った。

「力士のびんつけ油にも使われているようです」と、土屋が言った。

「薬と毒は紙一重だな。しかし、身元さえわかればいいのだが……」

「地元の人ではなく、旅行者かもしれません」土屋が言った。

「そうだな、広域捜査になりそうだ。できるなら我々で解決したい」

有力な手掛かりが得られない中、一本の電話から事件が大きく進展しそうな情報がもたらされた。

5

萬山金属株式会社で核心に迫る情報を得た後、外に出ると小雨が降り出していた。お堂へは天候が回復したら向かうことにして、一行は再び隼駅前の喫茶店へ向かった。

店に着くと、夕飯にとマスターが特別にチャーハンと五目ラーメンを作ってくれることになった。その間、お店にある『但馬《たじま》新報』という新聞を広げた。

「カッちゃん、《リシン》は、知っているか？」

「どうした、いきなり猛毒のことを聞いて」金井は知っていた。

「香住海岸で女性が倒れていて、どうもそれによる中毒死らしいと、記事があるからさ」

「それは自殺か？　それともテレビドラマのような毒殺なのか」

「どうも警察は、記事の内容からすると他殺の線で動いているように思えるけど。ただ身元がわからず困惑しているようだ」と、金井が答えた。

他殺と聞いて警部や西村も、興味を持ったのか覗き込んだ。

「それ、トウゴマから採れる油の副産物だろ。昔からあるぞ」

警部は、古いことはよく知っていた。

「私の田舎でも祖父母がヒマシ油を採るために、生活の糧として農閑期に絞っていた覚えがありますよ」西村も知っていた。

「でも管理官殿、一歩間違うと猛毒リシンの犠牲になり得るから、ある意味命懸けだったのでしょう」と、警部が言った。

「あのトウゴマの小さい花は赤や黄色で可憐《かれん》ですし、茎さえも濃ピンクです。諺《ことわざ》にある『美しい花にはトゲがいっぱい』といったところです」西村が付け加えた。

「そういえば、三年前に似たような事件がありましたよ。たしか宇都宮で、元自衛官の妻が焼酎に致死量を超えるリシンを入れ、夫を殺害しようとしたが、未遂に終わった」と警部が話した。

「栃木県の事件をよく覚えていますね」と菅野が感心していると、さらに喋り出した。

「この事件もそれを参考にした、被害者に近い人物に違いないぞ」と、警部は持論を言い切った。

「この人、多分佳子ちゃんだわ！」と、岸本が叫ぶように言った。

「何だって、佳子さんなら端島病院で一緒だった人じゃないか」西村は、顔を紅潮させて言った。

その場の皆が、興奮状態になったのは言うまでもない。警部は、すぐさま兵庫県警に連絡を入れた。

県警からの連絡を受けた美方署の矢部は、すぐにでも話が聞きたくて鳥城警部に電話をした。

「明朝、八時にここで矢部刑事と会う約束にしたが、お前らも同席しろ。これは業務命令だ」

鳥城警部が、いつものように権力をかざした。

「トリさん、私は元警察の人間だからいいけど、こちらのお二人と岸本さんはあくまでも一般の方ですから、その言い方は問題です」

西村はすかさず、菅野たちが機嫌を損ねる感じを読み取ったのか、ナイスなフォローをした。

一方の美方署では、身元が判明しそうな確かな情報を得て、その場にいた刑事たちは活力を取り戻した。矢部は、長崎県警に被害者・宮澤佳子の現住所の依頼をした。

「しかし、これだけ目撃者を探してもいないのに、宮澤さんはどうやって現場へ来たのでしょうかね?」吉川刑事が言った。

「ヤサ（住居）さえわかれば、絞れそうだが……。長崎県警からの連絡を待つことにしよう」と、矢部は答えた。

明日、矢部と吉川が鳥城警部たちに会いに行くことになり、他の刑事たちは、聞き込み範囲を餘部《あまるべ》駅・鎧《よろい》駅に広げることになった。

五月二六日、梅雨入り前の夏日となり、強い陽射しが注いでいた。

早朝から美方署の刑事たちは、両駅へ向かい目撃者探しに奔走していた。矢部と吉川は、鳥城警部たちと会うために一時間半をかけて若桜鉄道の隼駅へ車で向かった。

菅野たち一行は六時の開店と同時に店へ着き、オーナーが用意してくれた別室で珈琲を嗜みながら今日の予定を話し合うことにした。この店は、ゴールデンウィークから晩秋の紅葉が終わる頃まではライダーたちのために早朝より開けていた。

岸本捺美も休日出勤だったが、仕事を休んで協力してくれることになり、七時の約束をしてあった。

「今日はトリさんに指揮を執ってもらいたいと思いますが、皆さんどうでしょうか」西村が提案をした。

「お手並み拝見といきましょう。何せ現役の警部殿ですから、頼りにしていますよ」と、精一杯の持ち上げを込めて菅野が言った。

「おぉ、任せてくれ。まずは、矢部刑事たちから解剖所見を伺ってから、長崎署の住屋刑事にも連絡を取ろう」

やがて岸本が入ってきた後、宮澤佳子についての話を聞くことになった。岸本の記憶によると、端島が閉山になってからの数年間は年賀状のやりとりもあったが、それも時の経過とともに疎遠になった。

「ナツさん、その賀状の住所は何処だったのですか？」

「もう昔のことですから記憶が確かではないのですが、たしか長崎の実家だったと思います」

「被害者の過去を洗うのが先決だな」警部が言った。

「トリさん、それは長崎署からの連絡を待とう。いずれにしても一連の事件は、端島が発端であるのは間違いないと思うのですが、動機は恐らく新生児の取り違えというより、花菱榮治の権力による陰謀染みた出来事が根底にある。これは我々の裏付けからも確かなのだけど、どうもしっくりこない、違和感があるのです」

「と、言われると西村さんは、花菱剛史の政界への進出に絡むだけではない、と思われるのですか？」金井が言った。

「そうです。選挙絡みだけを追うのは、その裏にある人の心根を探り出せないと思うのです」

「管理官殿、祝先生が追っていたレアメタルについては、どう関連してくるとお考えですかな？」

「そこだが、それも含め現時点では駒が多過ぎて詰められないのが正直な気持ちですよ」西村が初めて弱気を見せた感じを受けた。

菅野は隅にあったホワイトボードに、これまでの経過を金井と打合せしながら書き出した。

「今は、ここまで判明しました。亡くなった祝先生をはじめ、対馬の黒岩さんと、先日香住海岸で見つかった宮澤さんたちの為にも真実を突き止めましょう」と、ボードに書いた内容を指して菅野が言った。

「もう一つ付け加えてもいいですか」と、岸本が言った。

「私のバイクを探っていた人物が、どうしても気になるのです」

それも書き足していると、矢部・吉川の両刑事が到着したとマスターがドアを開けて言った。

矢部刑事が入ってくると、西村を見て驚きの様子を見せた。

「管理官！　どうしてここに？」矢部は鳩が豆鉄砲を食らったように、目をパチパチさせていた。

矢部が、十年ほど前に城崎温泉で起きた事件で犯人を追って鹿児島県鹿屋《かのや》市へ行った際に、鹿児島県警の協力を得て犯人を確保できたのは、指揮を執った西村のお陰だった。

「話せば長くなりますから、後ほどにします」と、西村が言ってから菅野たちを紹介した。

矢部・吉川刑事には、ボードに書いた経過を説明した。そして今日は、氷ノ山が遠望できるお堂へ同行する了承も得た。

第六章　巨悪を暴く糸口

1

　長崎署は、にわかに慌ただしくなっていた。対馬で起きた殺人事件で新たな進展があり、その裏には花菱家が関わっていそうだった。

　被害者の黒岩太一が選挙戦を優位に進めるために、花菱剛史の父・豪三が密かに目論《もくろ》んでいたレアメタルの採掘に関わる土地買い占めの真意を正したのが、殺害された一因であるのは先の捜査で判明していた。ただ、地元の名士でもあるのが障害となって、慎重な捜査が求められていたのも事実だった。なかなか実行犯が絞り込めず捜査が行き詰まっていたところに、兵庫県警から宮澤佳子についての依頼が来た。

　住屋と篠崎刑事がそちらを当たっていた中で、対馬市内の診療所に勤めていたことが判明したので、対馬南署の梅野に聞き込みを依頼した。

　単に同じ対馬であっただけのようだが、刑事の勘が住屋には感じられたらしく、それは糸口を掴みたい気持ちもあったようだった。

梅野と糸瀬は早々に診療所へ行き白川医師に詳しく聞くと、五月一日に宮澤から突然電話があり、しばらく休むからと言ってきたそうだ。

「その電話は、何処からかけてきたのかわかりませんか？」梅野が聞いた。

「ヨッちゃんは、急いでいたのか早口で聞き取りづらかったですけど、周りが騒がしかった覚えがあります。駅のアナウンスだと思うのですが『トットリ』と聞こえたので、旅行に出ているのだと思いました」

「他に、何か言っていませんでしたか？」梅野が更に聞いた。

しかし、医師は首を横に振った。宮澤の住所を聞いてから診療所を出て向かった。車中から住屋へ連絡を入れ、白川医師からの聞き取りを伝えた。住屋としては、住居で手掛かりが見つかるのを期待していた。

診療所から北へ十数分行った所の『コーポ・アミティエ』が、宮澤佳子の住まいだった。大家に連絡を取ってあったので、マスターキーで開けてくれた。宮澤は一人暮らしで、部屋は整然としていて無駄を感じなかったのは、性格を表しているかのようだった。

テレビの載ったローボードにアルバムがあり、それを開くとセピア色をしたものから最近撮ったと思われるものまで、写真が年代順に整理されていた。

「これって、端島での最後かな？」梅野が指したのは、医師と二人の看護師と一緒に満面の笑顔で写る壮年の男と、若い夫婦が赤ん坊を抱いている写真だった。

裏に日付が書いてあり、昭和四八年十二月三一日だった。他の写真は、旅先で撮った風景が多くあり、人物が入ったものが少ないのは、一人旅が好きだったのかも？　梅野はそう感じた。

古い写真は、端島が閉ざされる日が近いせいか建物ばかりが写っていた。日付が全ての写真に書いてあり、几帳面《きちょうめん》な性格を感じさせた。さらにアルバムを繰ってみると、平成になってからは教会を写したものが増え、それらは離島の集落に佇む教会だった。

「シノやん、これ見てくれ！」梅野が叫んだ。

それは、最後の項にあった祝角英・黒岩太一と共に『厳原《いづはら》聖ヨハネ教会』の前で写されたもので、四月三日とあった。

「三人は顔見知りだった。待てよ、この端っこに写っているのは、あいつじゃないか」梅野は、見覚えのある男に目が止まった。

「ウメさん、進次だ。いつ出所したのだ？」篠崎も知っていた。

西田進次は、三年前に佐賀県伊万里《いまり》市で傷害事件を起こし、ここ対馬に逃げ込んできた。その捜査に当たりワッパをかけたのが梅野だった。西田は、伊万里焼の窯元で働いていたが、密かにオークションに出して小遣いを得ていた。それを、主《あるじ》に咎《とが》められ口論となり突き飛ばした。主は登り窯の縁に頭を強打し、意識不明に陥った。

娘が騒ぎを聞き駆け寄った時は、西田は逃げた後だった。幸いにして発見が早かったので、病院に着く頃には意識が戻っていた。

西田は過去に傷害の前科があった為、懲役三年の実刑となり服役した。

「どうして進次が写っているのだ？」梅野には意外だった。

「ウメさん、何かを探っているようにも見えますけど……」

「よし、この教会へ行ってみるか」

小ぢんまりした建物は、地域に溶け込んだ雰囲気があった。今日は日曜で礼拝があったが、既に終わっていた。中に入ると、まず聖句に目が止まった。それは『求めなさい。そうすれば与えられる。探しなさい、そうすれば見つかる』だった。新約聖書に収められる四福音《ふくいん》書の一つで、マタイの福音書七章七節の言葉だった。

「探し求めれば、見つかる。祝先生たちもこれに心を打たれた」

梅野が呟《つぶや》くと、神父様が寄られてきたので写真を見てもらった。

「こちらの方々は、よく一緒に礼拝されていましたよ。しかし、こちらの人は見覚えがありません」

祝角英・黒岩太一・宮澤佳子は度々来ていたが、西田についての手掛かりは得られなかった。

「やはり、進次は誰かの後をつけていた」と、梅野は推察した。

奄美大島在住の祝角英は、趣味の釣りで対馬を訪れる度にここへも寄っていた。その時は、黒岩と宮澤も一緒だった。

神父様にお礼を言ってから、長崎署の住屋へ連絡を入れた。

住屋からは、西田の足取りを追って欲しいと要望され、二日間かけて対馬南署を上げて島内をくまなく聞き込みに奔走したが、見つけることはできなかった。

「もう対馬にはいないのか！　くそ――」梅野は焦燥感に苛《さいな》まれていた。そして、長崎署に手配の依頼をする一方、鳥城警部へも宮澤佳子の依頼された件について連絡を入れた。

2

五月二八日、長崎市西彼杵《にしそのぎ》半島の南西部角力灘《すもうなだ》に面した上黒崎町（旧外海町《そとめちょう》）で、ひき逃げの事故があった。午前六時頃、この町にあるロマネスク様式の赤レンガとステンドグラスが美しいカトリック黒崎教会に面した道路で、男が倒れているのを教会に来た老女が発見した。

近くの日浦《ひうら》病院に運ばれ、応急処置が施された。男は、意識はあるものの倒れた際に頭を打ったせいで記憶が曖昧《あいまい》だった。時津《とぎつ》署の警官が所持品の提示を求めると、免許証から氏名がわかった。〈西田進次〉四六歳で、住所は諫早市内。それを見た警官は、戸惑いと興奮を覚えた。

逃げた車を特定する為に、鑑識たちは道路に熱い眼を注いで遺留物の探索を始めた。

長崎署の住屋と篠崎は、時津署からの連絡を受けて西田が運ばれた病院へ急いだ。

「西田は、どうして外海へ来たのだろうか？」住屋は問いかけた。

「教会の前だから懺悔《ざんげ》に来た」と、ハンドルを握る篠崎が言った。

「まさか？　しかし、そうだったら奴にも《みこころ》があった」

旧外海町は、禁教時代に隠れキリシタンが多く潜伏していたことから『かくれキリシタンの里』とも呼ばれ、この教会は遠藤周作『沈黙』の舞台にもなった所だった。しかし、この小説は問題作としてカトリック教会からの反発が強かった。長崎においても禁書扱いもされた経緯があった。司祭が『踏み絵を踏む』結末に、非難が多かったのが要因だった。

日浦病院に着くと西田はＩＣＵから個室へ移っていた。怪我は、右側腰部の骨折と擦過傷で重傷だったが、頭部には異常がなかった。

一〇分くらいならと医師からの許可を得て病室へ入った。

「取り込み中悪いな、少し話を聞きたいのだが」と、梅野が言った。

西田は、察しがついていたのか頷いた。

「まず、どうして外海に来た？」

「ここは、オイが幼い頃に叔母さんの家へよく来ていたし、教会へも一緒に来て神父様に可愛がってもらったからさ。長く遠ざかっていたから、ホームシックのようなものだ」

「そうか、教会の前でひき逃げに遭うとはツイてなかった」

「昨晩の深酒が残っていたせいか、二日酔いでフラフラして歩いていたオイも悪かった」

「時間がないから本題に入ろう。お前さん、対馬で黒岩を殺《や》っただろ」と、住屋がストレートに聞いた。しかし、西田は押し黙っていた。

「念の為に、お前さんのＤＮＡを調べたいので髪の毛を一本提供してくれないか」住屋には確信があった。

黒岩太一の解剖所見に付け加えられていた事項に、右手薬指の爪先から本人ではない皮膚片らしき物が検出されたのだった。対馬南署の梅野は、この点を重視して気に留めていた。今回、西田が浮上したので長崎署の住屋にだけ報告をしていた。

西田は、ためらいを見せながらも髪を抜いて差し出した。逃亡を防ぐために時津署の警官に見張りを頼み、早々に病院を後にして科捜研へ急いだ。

「これで決まりだな。奴《やっこ》さんも諦めた様子だった」住屋が言った。

「あとは、動機を聞き出せば万事解決ですね」篠崎は楽観していた。

「でもな、西田がスンナリ喋るだろうか？　それに対馬のウメさんは、バックに大物がいると思っているらしい」

「スミさん、此処で大物と言ったら、あの方しか思いつかんけど」

「同じだ、さてどうするかだな。慎重に当たらないと、上層部へ圧力をかけられたら〈水の泡〉となる。ここは西村管理官に相談してみるか」

「そうだな、我々だけでは巨大な壁が立ちはだかる気持ちが先立つばかりで、思うように事が進まない気がする」篠崎も同じ気持ちだった。

科捜研にDNA鑑定を依頼してから、西村へ連絡をした。それと、対馬南署の梅野へも西田と交わした内容を伝えた。

「マスコミには、実名の報道を控えてひき逃げ事故としてもらったが、長く隠すのも無理がありそうだし、御大に迫るネタも今はない。どう動くべきか」住屋は思案していた。

「ウメさん、DNA鑑定の結果を待とう。それを突破口に証拠固めを進めましょう」

対馬南署の梅野は、住屋からの連絡を受けて消沈していた気持ちが昂った。すぐにでも西田に会って問い詰めたかったが、もう少し病状が安定してから向かうことにした。


五月二十九日、選挙戦も残り僅《わず》かとなった両陣営は、長崎市の中心部である駅前で舌戦《ぜっせん》を繰り返していた。花菱陣営が優位なのは県民の誰もが感じていたのか、立ち止まって聴き入る人は少なかった。

反面、白峰陣営の演説には選挙戦前半より覇気がなく、諦めた感じを受けた。

「決まりか。今日を含めあと四日のうちに大スキャンダルでもない限り、白峰が勝てる要素はない」梅野は、やり切れない気持ちでいた。

そんな中、追い打ちをかけるように悪い知らせが入った。入院中だった西田進次が自ら命を絶ったのだ。今朝、夜が明けない午前四時頃に五階の病室窓から飛び降りたという。五時の見回りに来た看護師がベッドに患者がいないことに驚き、開いていた窓を不審に思い下を見ると、西田と思われる男がうつ伏せに倒れていた。すぐに蘇生を施したが既に息絶えていた。

　廊下には警官が夜通し待機していたが、室内の異変には気づかなかった。

「しまった！」梅野は顔から血の気が引き、青ざめた。

「ウメさん、すぐ向かいましょう」と、篠崎が言った。

　二人が上黒崎町に入ると、普段はのどかな街にサイレンが響き渡り騒然としていた。日浦病院に着くと、既に規制線のテープが張られていた。急いで病室へ駆け上がると、鑑識が検証を始めていて遺書などの有無も併せて探しているようだった。

「五輪《ごりん》さん、何か出ましたか？」梅野は、所轄の五輪刑事と顔見知りだった。

「おぅウメさん、お前さんのヤマだったな。そうそう、綿々と書かれた置き手紙が引き出しの中にあったが、見るか？」と言って、梅野へ手渡した。

　その内容は、自分が黒岩太一を殺害した経緯について当事者しか知り得ないことも書かれており、犯人に間違いはなかった。

『あの日、後頭部を岩の塊で一撃して海へ突き落としたが、その間際に左手首を掴まれ引っ掻き傷を負った。殴った岩は海へ放った。

　その時の皮膚が爪の中に残っていたのだろう。それを、あの刑事さんに指摘され観念した。しかし、ひき逃げに遭った状況は嘘を言った。オイは二日酔いする程も呑んでいないし、フラフラと歩いていた訳でもない。あれは故意にオイを狙ったものに違いない、逃げた車は黒のSUVとしか記憶がない。

肝心な誰に頼まれたかは、オイの口から言うことは勘弁してくれ。ただ尼崎にいる弟を保護して欲しい。

オイたちは三人兄弟だった。親父は、端島炭鉱の発破技師であり、お袋も坑夫さんたちの食堂で働き、オイたちを育ててくれた。

閉山間近の昭和四九年一月六日、最後の仕事始めとしていつもより小奇麗にして家を出た親父が、午後二時頃に起きた落盤事故に遭い海底深い坑道に閉じ込められ帰らぬ人となった。年末に末っ子が生後間もなく死んでしまい、お袋も心労が重なり一ヶ月後に亡くなった。残されたオイと弟の武志は、別々に親戚へ引き取られた。オイは、父方の遠縁で佐世保の西田家の養子になった。

ここまでは、親父と一緒に最後まで端島に残った人から聞いた。西田家での生活は実子との差別が酷く、それで心を荒《すさ》み中学を出ると佐世保を離れ博多へ出た。

毎夜不良連中と連《つる》み、悪いことばかりしていた。その後は、転々としながらバーテンダーとして生活していた。ある店で、観光に来ていたお客の会話に、グラスを拭く手が止まった。関西から来た三人連れで、その中の一人がタケシと呼ばれ、耳をそばだてると、生き別れた三つ下の弟だと確信した。宿泊先を会話の内容から推測してメモを取った。

そんな時、片隅で飲んでいた若者が隣から流れてくるタバコの煙に因縁をつけた。今にも殴りかかろうとするのをオイが制した。その人は恩に着たのか《困ったら連絡しなさい》と、名刺をくれた。

オイは、それより弟が気になり店が引けてからホテルに電話をすると、やはり武志だった。弟は大阪難波にある母方の親戚に引き取られた。オイとは違って、大学まで出してもらっていた。卒業後、大手の鍛造会社に就職したらしい。オイは嬉しかった。オイは相変わらず夜の仕事をしていたが、肝臓を患い入院と治療の生活を一年余り続けて体調も良くなった。

体のことを思うと以前の仕事に戻るつもりはなかった。何度も職安へ足を運んだが、なかなか仕事は見つからなかった。そんな時に、以前もらった名刺の人へ連絡をしてみた。いざ会ってみると、かなりの大物だと感じた。その人は職が変わる度に世話をして下さり、お陰で人並みの生活ができた。三年前にオイが起こした事件でも、裏で手を回してくれ刑が軽くなった。久しく会っていなかったが、一月の中頃にその人から連絡を貰い会うと、弟に興味をもたれいろいろと聞かれた。結果的に弟を巻き込んでしまった。今思うと、弟に近づくのが目的だったというより、弟が勤めている会社と携わっていた仕事内容に関心があったようだった。

話は戻るが、オイは殺すつもりはなかった。ただ、少し脅してくれればいいと頼まれたので、軽く岩で殴打した。そして相手と揉み合いになり、結果的に海へ突き飛ばしてしまったのだ。自首も考えたが、前科もあるから躊躇《ちゅうちょ》してしまった。それよりも、弟に迷惑が及ぶのは避けたかった気持ちが強く、今日まで隠棲《いんせい》してきたが、常に心は病んでいた。それで、教会へ行った。

あの人が、弟に何を頼んだかはわからないが、貴重で高価な金属に関係した話だったと、弟から聞いたことがあった。

このままだとオイが警察で聴取される。黙秘をすればいいのだが、続ける気力はもうない。喋れば世話になったあの人や、弟にも捜査が及び迷惑をかけてしまう。そうなれば、あの人は手を回し弟に危害を加え兼ねない。選択肢はこれしか考えられなかった。黒岩さんには償い切れない。最後に弟と連絡を取ったのは三月中頃で、いつもとは違い会話に覇気がなく変だった。弟もあの人に利用されていたのでは？　と疑い、悪い予感がした。

弟の現住所と勤務先を記しておきます、どうか一刻も早く保護して下さい。

兵庫県伊丹市一丁目一ノ一　エスペランザ305　山科武志

勤務先・尼崎市大浜二丁目一　日本鍛工株式会社

これが、オイの『LAST JUDGE』です。　　　　進次』

「ゴリよ、これ全部読んだのか？」梅野が聞いた。

「ゴリンだよ、気安く呼ぶな。読んでない。俺クラスの刑事だと、勘で奴が犯人だったのかわかる」五輪は自信満々だった。

「詳しく読みたいから借りていいか？」梅野には考えがあった。

「いいけど、早く返してくれるなら」

梅野は廊下へ出て西村管理官に連絡を入れたが、移動中だったので喫茶店へ送って欲しいと頼まれた。ＦＡＸをするため、病院の事務所へ急いで降りた。送信を済ませ篠崎とロビーに座り、どう動けばいいのかを話し合った。二人には、巨大な壁が立ちはだかる思いがあり躊躇《ちゅうちょ》逡巡《しゅんじゅん》していた。しかし、結論が出ず西村たちからの連絡を待ってからにすることにした。

3

菅野たちは、美方署の矢部・吉川両刑事を加え、再び氷ノ山を遠望するお堂へ向かった。国道29号線を戸倉峠に近づいてくると、ライダーたちと頻繁にすれ違った。新戸倉トンネル脇から旧道に入ると、九十九折《つづらおり》の狭い道だった。慎重に進めていくと、やがて旧戸倉トンネルが現れ、鳥取県側もここで行き止まりとなっていた。

車を道路の脇へ止め降りると、皆が思いっ切り背伸びをした。

ここから徒歩となり、しばらく進むと氷ノ山のなだらかな稜線を、山間から望むことができた。

「管理官殿、先ほどの電話は誰からでした？　ＦＡＸが、どうとか言っておられましたけど」

警部は気になったようだった。

「対馬での事件で被疑者が自殺した。それが、どうも選挙絡みらしいと思う書き置きがあって、何と花菱の御大が関わっているらしく、向こうさんも手を拱《こまね》いているようです」

「点が線になりつつあります。香住海岸での事件も繋《つな》がっているように思います」

「菅野さん、あなたの言う通りです。其々の綻《ほころ》びを紡《つむ》ぎましょう」

「おい、民間人が勝手に仕切るな」警部は、やっかみ気味に言った。

会話を聞いていた美方署の矢部は、西村に向かって驚きの様子を見せた。

「あの二人は、本当に民間の人ですか？」と聞かれ、西村は頷いた。

「私も行動を共にして数日ですが、知識と洞察《どうさつ》力は警察官以上です」

「群鶏一鶴《ぐんけいいっかく》というより二鶴ですな」と、矢部は感心して言った。

鳥城警部は、すっかり蚊帳《かや》の外となった感じだった。

ハイキングコースのため、歩きやすく整備がされていた。

矢部は、西村と懐かしむように声を弾ませながら歩を進めていた。

岸本は、地図を片手に先頭を歩いていた。凡《おおよ》そ三〇分で、お堂のある眺望の良い所に着ける予定だった。新緑と清々《すがすが》しい風が素肌に心地良く、高い山々に残雪が遠望できた。

お堂は、両脇を杉の大木に守られているようだった。丸太の腰掛が置いてあったので、まずは一服することにした。目の前に広がる氷ノ山の優美な山容が彼らを見守っているようだった。

「トリさん、お地蔵さんの脇にはマリア様の像がひっそりと佇《たたず》んでいるようでもあり、信仰を超えて誰でも受け入れているように見えますなぁ」と言った西村は、こういった祀り方は初めて見た。

「この里は、民衆たちの絆が深いと思います。恐らく江戸時代のキリシタン弾圧で長崎などから逃れてきた人たちが、ひっそりと身を寄せて暮らしていたのでは」

「カッちゃん、平家落人《おちうど》伝説もここにもあると文献で読んだ覚えがあるぞ。そういった人たちも快く受け入れた里の人々の心の広さ優しさが窺《うかが》えるようだな」金井も付け加えて言った。

「お二人の推察力には、いつもながら感嘆します」西村が言った。

岸本はお地蔵さんに手を合わせてから、マリア様には十字を切った。それを見た西村も、岸本の横で十字を切って祈りを捧げた。

「あっ！　マリア様の下に何かありますよ」と、岸本が言った。

その声に皆が反応してお堂に寄ると、マリア像の置かれた台座の下から手紙の端が見えた。西村がソッと引き抜くと、白い封書の裏に『奄美・祝角英』と書かれていた。

「先生！　やはりここに来られたのですね」と言った岸本は涙ぐんでいた。

興奮して騒いでいると、山菜採りに来たと思われる老人が近寄ってきた。

「お前さんたち、楽しそうだが何かいいことあったんかい？」

「これはお騒がせしました。地元の方ですか？」西村が聞いた。

「そうじゃ。あんさんたちは、山登りに来たとも見えないが……」

作三《さくぞう》と名乗る老人は、山菜採りに来たと言い『背負籠《しょいご》』を下ろしながら不審そうな目で見ていた。鳥城警部がバッジを見せると態度が変わり、興味深い面持ちになった。

「少しお話を伺ってもよろしいですか？」西村が聞いた。

老人は、ウンウンと何度も頷いた。

「このマリア様の像ですが、いつ頃からここに」

「ワスの知る限りでは『関ヶ原の戦い』から数年後だと、大爺さんから聞いた。村の言い伝えでは、九州からキルスタン狩りを逃れた人たちが着の身着のままでここへ来た。村の衆は温かく迎え、お礼にとキルスト教の布教に努めたらしく村に広がった。木彫りのマルア像をこすらえて洞窟で拝んださ。すかす、ここにも弾圧が迫りあん方《かた》らは夜中に何処かへ行ってしもうたさ。村でクルスチャンになった者は、洞窟奥へ隠したマルア像を村の長老に託して逃げた。江戸幕府が倒れた後、言い伝えを守ってきた長老の子孫が洞窟のマルア像を探し出し、村を見渡せるここに祀ったのさ」

「訛《なま》りか、キルストやマルアって何だ？　俺には理解できんけど」警部が口を挟んだ。

「警部さん、わかりませんの？　だから菅野さんや金井さんがいないと何の役にも立たないのよ」岸本が強い口調で制した。

普段の警部ならすぐに反撃してくるのだが、岸本に言われたせいか顔を紅潮させるだけで口は閉じていた。

「それで、洞窟は今でもあるのですか？」西村が聞いた。

「駄目だ、去年のタイスウで崩れた。もう入れん」

「タイスウって？」警部が、また口を出した。

「警部さん、台風です。何度言ったらわかりますの、口を出さない！」

再び岸本に叱責《しっせき》され、顔に脂汗が滲《にじ》むのが笑えた。

「重要なお話を聞けて、ここへ来た甲斐がありました」西村は深くお礼をした。老人は、籠を背負い下っていった。

「西村さん、手紙はどうします？　ここで広げても誰かが来たら変に思われるし、見られたくもないし」

「そうだな。トリさん、事件を解くカギになるかもしれないから、いいだろ？」

「まぁ、仕方ないか。許可する」警部は、初めて仕切った感を味わえたのか機嫌よく言った。

「ここといい、投入れ堂に置かれた金貨といい、祝先生の差し迫った事情を感じます」

「それは、身の危険を感じてこの地へ来た。そう思われるのですか？　岸本さん」

西村は、この手紙が大きな意味を持っていると信じていた。それに、長崎署からのＦＡＸも気になっていた。

「さぁ、急いでマスターの店へ戻りましょう」と、西村が促した。

「待って、よく見て」と、岸本が言った。

マリア像の左手首に三本の紐と思える彫りがあった。

「捺美さんの持っているマリア様を見せて」と、金井が言った。

岸本が差し出すと、金井はルーペを取り出して見比べた。

すると、岸本のマリア像も同じような形になっていた。

「やはり【三プロミス】だ。捺美さん、こういったマリア様の像を教会などで、見たことがありますか？」金井が聞いた。

「初めてです、どうしてここのマリア様だけが……」

謎ではあったが、それを解くには歴史を遡《さかのぼ》らないと無理だった。

「岸本さん、あなたは万緑叢中紅一点《ばんりょくそうちゅうこういってん》だ」矢部は賞賛した。

手紙を警部が懐に入れてから、皆は足早に車へ向かった。

4

兵庫県警尼崎南署では、鳥城警部から依頼を受けて鶴田と馬木《まぎ》の両刑事が大浜町に向かった。

目的は、鳥城たちがレアメタルに関する件で行った【萬山金属】で回収された各種の希少金属のうち、自動車等のハイブリッドに欠かせないタングステンを含む原料の主な出荷先の、尼崎市大浜町に本社のある大手の鍛造会社に行くことだ。

「どうも長崎の事件に関係しているようだと警部は言っていたが、詳細を教えてくれないのが腑に落ちない」と、鶴田が言った。

「上から箝口令《かんこうれい》でも出ているかも？　広域捜査のように思える節がある。でもな、レアメタルなんて知識ないぞ」馬木は愚痴った。

「マキさん、そうボヤかない。大きなヤマであるには違いないから、課長がワシらに頼んだ。そう思わないか？」鶴田が言った。

「聴取するだけだろ、若い者でもいいと思うけど」

運河を渡ると日本鍛工株式会社の社名が見えてきた。

【唯一無二《ゆいいつむに》】の企業理念が掲げられる広大な敷地に、何棟もの工場が目に入った。盛んに社員が行き交う光景に、この企業が活気に満ちている感じを受けた。

事務所は三階にあり、受付の清楚な女性に野口社長とアポイントが取ってある旨を伝えると、応接室へ通された。

飾り棚には、主力製品であるエンジンのピストンやクランク等の鍛造品が置かれ、美しい銀色に輝いていた。

鍛造とは、文字通り金属を叩いて（圧縮・打撃）鍛えるドロップ・フォージのことだ。

ほどなく、ダンディで体格のいい社長が入ってきた。用件は来る途中で連絡してあったので、既に資料が準備してあった。タングステンを扱う部署には、最新のＴＳＬ炉と呼ばれるリサイクル対応炉があった。

「参考の為に、リサイクル炉のある工場を見せてもらえませんか？」鶴田が言った。

「申し訳ないが、この棟だけは外部の方はご遠慮願っております。その為に敷地の最奥で、二方を運河に囲まれた角に建ててあります。わが社の社運を賭けた事業になっていますので、お察し下さい」と、野口は頭を下げて言った。

「原料のレアメタルは、萬山金属から仕入れていると聞いていましたが、それをこの最新炉で取り出すのですか」鶴田が聞いた。

野口社長は、専門的な用語は使わず、わかりやすく説明をした。

萬山金属からは選別を終えた金属スクラップが運ばれる。それを、このＴＳＬ炉によって製錬し数種類の元素を回収する。ここで目的の元素（タングステン）を取り出すには適切な順序・技術が不可欠であり、炉のプログラムを組める社員は一人しかいなかった。

「そらぁ、どえらい頭が切れるのですね」馬木が言った。

「その方に会いたいのですが、お時間頂けますか」鶴田が頼んだ。

社長は、応接室の電話からＬＡＴ棟へ内線をかけ、山科武志を呼んでくれた。来るまでの間に、履歴書を見せてもらった。

〈本籍・長崎市　現住所・大阪市生野区鶴橋　学歴・府大高専卒業後、阪大応用物理学部入学

卒業後入社〉

「高学歴ですな。御社の中堅社員の中でトップでは？」鶴田が聞いた。

「仰る通りです。私なんかは『浅学菲才《せんがくひさい》』です、彼には敵いません」と、野口は謙遜していた。

「社長さん、彼の生い立ちを聞いたことはありますか？　幼少の頃とか」馬木が聞いた。

「いつだったか、彼と居酒屋へ行った時に一度だけ話してくれたのは、生まれは当時日本一の炭鉱で、幼い頃に両親が亡くなり、大阪の親戚のもとで育った。大学まで出してもらい、感謝に尽きると言っていました。あと、兄がいるけど音信不通なので会いたいとも言いました。

今は、社運を賭けた事業に没頭していますが、休日には、唯一の趣味であるバイクでツーリングをしていると、笑顔で話してくれました」

山科武志が入ってきたので、まずはレアメタルについて特に依頼されたことはあるのかを聞くと、一瞬ではあったが目を逸《そ》らした。

「ありません。この事業には社運が賭かっています、口外無用です」

鶴田は、社長の手前話しづらいだろうと感じ、話題をツーリングに変えた。この時、タイミングよく社長に来客があり退室した。

「ワシもバイク好きで、ずっとRZに乗っていますよ。よく六甲へ走りに行ったものだ」馬木は懐かしむように言った。

それが山科武志の緊張を解したようで、頬が緩んだ。

「ところで、あんさんのバイクは？」馬木が聞いた。

「CBXに乗っています。最近は、山陰の『麒麟のまち』へ行きますよ。特に隼駅は、各地からライダーたちが集まるので、交流する楽しみができました。何よりバイクの自慢話で盛り上がります」

「いいですなぁ、因《ちな》みに最近行きました？」馬木が聞いた。

山科のもう一つの趣味に、鉄道写真の撮影があった。いわゆる撮り鉄である。四月末からのゴールデンウィークに姫路の姫新《きしん》線から美しい智頭《ちず》杉の林が有名な智頭急行の智頭線を訪れている。そこから北へ続く因美《いんび》線は鳥取に着く。山科は其々《それぞれ》の沿線風景と列車を絡めた写真を撮りながらツーリングしていた。鳥取からは、今回の目的であった『名探偵コナンのラッピング列車』を収める為に、山陰本線の由良駅（愛称・コナン駅）へ行っている。

「若桜鉄道には寄らなかったのですか？」鶴田は、因美線と聞いて鳥城から依頼された件で、若桜鉄道についてのことがあったのを思い出した。

鶴田も旅好きで、特にローカル列車で過ぎ去る風景を肴に、スキットルに入れたウイスキーを嗜むのが楽しみだった。

「ツルさん、知っていますよ。若桜鉄道の隼駅はライダーの聖地ですし、そこから『氷ノ山』を眺めながらの国道29号線は、カーブを攻める走り屋たちに人気がありますよ」と馬木が言うと、山科は両方の趣味を分かち合えると思ったのか、目が輝いていた。

しかし、途中で眉間《みけん》に皺《しわ》を寄せた時があったのを、鶴田は見逃さなかった。

「山科さん、ご家族は？」鶴田が聞いた。

「独身です、両親は子供の頃に亡くなりました。兄が九州にいますけど、久しく会っていません」

「そうですか。実は、お兄さんからあなたを保護してくれと頼まれたので、こうして来たのです」

鶴田は、兄の西田進次が書き置きを残して命を絶ったことを告げた。

今まで趣味の話で笑顔だった山科の顔が、蒼白に変わった。鶴田はこの件を頼まれた時から、大きな権力を行使して隠匿《いんとく》を図ろうとしている気配を感じていた。

「ここへの通勤は、何で通っています？」

「伊丹からバイクです」

「あなたは監視されているかもしれません。私らの指示に従って下さい」

鶴田は馬木に、彼を保護したい旨を野口社長にだけ頼むように耳打ちをした。それは万が一、社内にも監視の目があるとも限らないからだった。

野口社長からは、LAT棟の業務状況を確認してからと言われた。鶴田は署に連絡を入れ、彼の住まいである伊丹のコーポ周辺を看視してもらうように頼んだ。

程なく野口社長が戻ってきた。山科と打合せをした後、当面は彼がいなくても業務に支障がないことを言ってくれた。

そして、くれぐれも山科を守って欲しいと頼み託した。

「では、バイクは会社に置いといて、私らと一緒に来て下さい」

尼崎南署の藤掛警部は、鶴田からの報告を受けて鳥城警部へ連絡を取った。藤掛と鳥城は屋久島の出身で、藤掛は大阪の大学へ進学後、大阪府警に採用された。一方の鳥城は、故郷に尽くす意思が強く鹿児島県警へ入った。

「トリちゃん元気か？　こうして同じ案件で仕事ができるとは思わなかったぞ。頼まれていた山科武志を保護した。今、うちの刑事らと署に向かっている。これから、どうしたらいい？」

藤掛が聞いた。

鳥城たちは、隼駅前の喫茶店に戻ったところだった。長崎署の梅野からのFAXをマスターから受け取り、五人で検討していた。

「おお、カケちゃん。手間をかけたな、ありがとう。山科武志だが、署に着いても他の警官たちに見られないように匿《かくま》って欲しい。理由は、カケちゃんの携帯へかけ直すから番号を教えてくれ」

「わかった、複雑な事情がありそうだな。人目につかないようにする」

鳥城たちは、警察内部にも手を回されているのを危惧していた。それと、捜査用の携帯が盗聴されるのを避けるためだった。

「管理官殿、山科をどうしましょうか？　我々の目が届くところに保護したいのですが」警部は悩んだ。

「お二人の意見を聞きたいです」と、西村は菅野たちへ振った。

「カッちゃん、こういうのはどうだろう」金井が言った。

「恐らく所轄署内にも監視の目があるだろうから、警部が伝えた密かに匿ってもらうのは、最適な判断だったと思う。ここから慎重に進めないと、取り返しのつかないことになりそうです。彼は、常に監視されていると思います。ですが、彼が尼崎南署に入ったことで気を緩めた筈です。そこで、暗くなってから再び彼を勤務先へ送る。会社はシフト制だろうから、たとえ同僚に見られても怪しまれない。そして、ここ隼駅までバイクで来てもらうのはどうでしょう」

「おいおい、逃亡されたら元も子もないぞ」警部が言った。

「その心配は、ありません。兄の死についての真相を知りたい筈です。それに、GPSで走っている位置をパソコンで見ることができます」と言った金井は、最良な方法だと思った。

「今、午後七時だから、ここまでどのくらいの時間がかかりますか？」西村は金井の意見を採ろうとしていた。

「大体、三時間あれば十分です。私は、ここから甲子園に行ったことがあります。その時は、国道29号で宍粟《しそう》ICへ向かい中国道を使いました。中国道の佐用JCTから鳥取道へ入り、河原ICを出れば早いです」岸本が言った。

他に選択肢もないし、早く藤掛刑事へ連絡をしなくてはいけないので、金井のプランを進めることにして藤掛へ連絡をした。無論、岸本の言ったルートも伝えた。

藤掛は、山科武志にGPS発信機を渡し、携帯は鳥城警部以外からの着信は無視するようにとも伝えた。

暗くなるのを待って、信頼できる電気屋に来てもらい、そのライトバンで山科武志を勤務先へ送ってもらうことにした。

5

喫茶店で山科武志の到着を待つ間、お堂から持ち帰った手紙を開いた。手紙には、岸本から聞いた端島での出来事が詳細に書かれ、自ら犯した行為についての深い懺悔《ざんげ》の気持ちが綴られていた。二枚目以降は、一連の事件に迫る闇を明かす糸口を掴《つか》めるようだった。

『対馬の黒岩太一さんとは深い親交があり、度々島へ釣りに行くうちに、端島で一緒だった宮澤佳子さんとも出会った。クロさんが補欠選挙で推す候補の対立相手は、あの花菱剛史君だと知って驚いた。

この島での花菱豪三の企みは、クロさんと行った天堂家で確証を得ていた。もし、買い占められると島民たちがカネの魔力に翻弄《ほんろう》され、古来より続く強い絆さえ失い兼ねない。私は、島の人たちの純朴さがとても好きだった。レアメタルが島の経済を豊かにするかもしれないが、それ以上に失う心があると思い、防ぎたかった。

数日後、長崎市の郊外にある私邸で花菱豪三氏と会った。市内一望といった丘陵地にあり、広大な敷地にある池と茶屋が、まるで京都・比叡山麓にある修学院離宮を彷彿《ほうふつ》させた。しかし、純白な礼拝堂の建つ佇まいに、和洋折衷といった趣きが感じられた。豪三氏は、端島での禁圧な行為について祖父から聞いて知っていた。息子となった剛史君に授けたマリア様の像について真意を打ち明けると、目を丸くした。

恩を感じたのか、しきりに頭を下げた。しかし、本題に入ると険しい表情に変わり、敵視するように目が鋭くなった。廃鉱山の買い占めに関しては頑《かたく》なに否定した。そこで、レアメタルの詳しい組成分析結果を見せると、驚きと額に脂汗の滲《にじ》む様子を見せた。それでも本心は語らず、《知らぬ存ぜぬ》の一点張りを通した。これ以上は、居座っても無駄と思い邸を後にした。実真を明かせなかった思いに悔やまれた。

それからというもの、横断歩道で背中を押されたり、駅のホームでも同じような行為を受けたりと、不可解な出来事が続いた。

私は身の危険を感じ、端島での大事が関わっていると思わざるを得なかった。あの日、修羅場を共にした岸本捺美さんと宮澤佳子さんにも危害が及ぶ予感がして、二人に会って警告するつもりでいる。もし、私の身に何かが起きた時に備えてしたためた。これを読まれた方は、若桜町の介護施設【エスポワール若桜】に勤めている、岸本捺美さんへお渡し願う。

最後に、立派になった剛史君と端島の丘に上がって、渺茫《びょうぼう》たる碧《あお》い波濤《はとう》の彼方を見つめながら語り合いたい。

そして、あの時に授けたマリア様の像を見せてもらいたい。

祝角英　』

四月二〇日　温泉津《ゆのつ》にてSD

「多分、島根県の温泉津に泊まって書いた。そこから、ここへ来てマリア像に託した。そう考えるのが妥当でしょう」と、菅野が言った。

「予期していた通りになってしまった。矢部さん、美方署の捜査は進展していますか?」西村が聞いた。

「正直、行き詰まりです。まず、被害者の腕にあった不自然な針痕がどう関係しているのか?足取りについても、どの駅で降りたか目撃情報が全くないのです。お知恵を拝借願いたいのが本音です」矢部は焦った様子だった。

矢部に美方署から連絡が入り、吉川と署に戻ることになった。香住海岸での事件で、被害者についての手掛かりに大きな収穫を得たことに感謝を述べた。

「それにしても、菅野さんと金井さんを民間人にしておくのは惜《お》しい。美方署に来てもらえんかのう」矢部が西村を見て言った。

「でしょう。私も以前に頼みましたが断られました。どうしても今の仕事に情熱があるようです」西村は、笑みを浮かべて言った。

「ワシは、このままの方が管理下に置けるので都合がいいけど」

警部が、いつもの傍若無人《ぼうじゃくぶじん》な態度を見せた。

「警部さんの無神経さには、つくづく呆れました。自身がコントロールされているとも知らず、お幸せな人」と岸本に言われ、渋《しぶ》っ面《つら》でいた。鳥城警部を肴《さかな》に笑いが響く中、二人は店を出た。

「カッちゃん、矢部刑事が言ったのは注射痕のようだが、どう思う」

「腕か……。死因がリシン中毒となると、どのような方法で体内に摂り込ませたか。手が込んだやり方だな」金井は思案していた。

「捺美さん、看護師としてはどう思います?」

「何とも判断できませんわ。持病の有無も含めまして詳しい司法解剖の結果を見ないと」岸本は〈もしや〉との思いがあった。

西村は、岸本の『思い顔』を察して、矢部刑事へ連絡をした。

山科武志がここへ着くまでには、まだ時間があるので夕食を摂ることにした。菅野以外は皆、ビーフカレー&鯉刺しセットを頼んだ。

鯉刺しは、郷土の名物であった。菅野だけは、ガラム爆燃カレーとフルーツパフェの組み合わせを頼んだ。

「おいテッちゃん、激辛と甘味かよ。理解できない」金井が言った。

「お前の胃袋は、二つあるのか。ハハハ」警部は鼻で笑った。

「この組み合わせが、頭を冴えさせるスパイスなのですよ。警部さんの鈍い頭もシャキッとなりますよ。どうです」と、嫌みを言った。

「テッちゃんよ、最近血糖値が高いのだろ。パフェは駄目だと思うけど、奥さんに言いつけようか」金井が言った。

「血糖値！　それだわ」と、岸本が突然叫ぶように言った。

その唐突な声に、皆が驚嘆した。

岸本の私見では、宮澤佳子はI型糖尿病の持病があった。腕にあった針痕はペン型のインスリン注射ではないか。

「それって、自分で打つ注射のことですか」

「あくまでも私の推測です。解剖所見に病歴があれば、まず間違いないと思います」

「インスリンの代わりに、リシンを入れておいた。そうとも知らず、打った。そして、数時間後に中毒を起こし死に至った」

「だとしたら、身近な人物の犯行になるのでは」と、金井が言った。

宮澤佳子の現住所から追えば、犯人に繋《つな》がると思い矢部刑事へ再び連絡を入れ、病歴の確認をお願いした。

「菅野さんの意外な一面がヒントになるとは、岸本さんも勘が鋭いですね。お願いですが、もう一日私たちに付き合って下さい」

西村は、この事件にも花菱豪三が関わっている節を感じていた。さらに情報を得てから長崎へ入りたい、と思っていた。

岸本は、職場へ連絡を入れて休みをもらった。

「さてと、長崎署の梅さんからのFAXだが、やはり選挙絡みだろうが、被疑者死亡で真相は深い霧の中か……」西村は、腕を組み思案していた。

「管理官殿、西田進次の死因が右側頭部への殴打とあります。だとしたら、右利きだと思います。祝先生の死因と似ていますが、こちらは左側頭部を一撃でした覚えですから左利きなのでは。ですから、同一犯ではないと思います」警部は、ドヤ顔で言った。

「警部、いい所に気づきましたよ。いつもこうだと、もっと手柄を上げられたのに、この歳となっては残念。しかしですね、いくら手口が似ていようが祝先生を襲う動機が全く不明だし、このFAXの中にも一切触れていない。結論づけるには勇み足です」

鳥城は〈菅野に褒《ほ》められた後、ハシゴを外された〉と思ったのか、苦虫《にがむし》を噛《か》み潰《つぶ》したような表情を見せた。

「トリさん、二人には敵わないよ」と、西村は背中を軽く叩いた。

午後九時三〇分を過ぎた頃、山科武志の位置を追っていた金井が、そろそろ着く頃だと告げた。

心地良いCBXの排気音が、店の前に響いた。山科武志が店に入ってくると、皆を見て深く頭を下げた。

「この度は、私のためにご尽力いただきまして、申し訳ございませんでした」

そして、岸本を見ると驚きの顔を表した。

まずは、兄の西田進次が亡くなった経緯を記されたFAXを菅野が見せた。すると、山科はレアメタルについて花菱豪三とLINEを通して連絡を取り合っていたと話し始めた。

「幼くして生き別れた兄の進次から一月中頃に連絡があり、大きなプロジェクトになるからと、花菱さんを紹介され会いました。これからの主要産業になるから協力して欲しい、と頼まれました。その場は、私の一存では返事ができませんので、社に戻って検討させてもらうことにしました」

「お会いになったのは、お兄さんと花菱さんとあなたの三人でしたか？」

「もう一人、たしか産経省・新産業構造推進部の人が一緒でした」

「その後は、花菱さんと直接お会いになったことはありましたか」菅野は続けた。

「いいえ、専《もっぱ》ら推進部の方とLINEでの打合せです。三月初旬に先行製錬《せいれん》用にと、選別工場から原料が入りTSL炉で回収しました。タングステンの含有が多い物でしたので、社内でGOが出たのです」

「その後、本格的に稼働を始める計画はどうなりました？」

「試行しただけで、現在も未定です。TSL炉は、プリント基板などからも様々な元素が回収できますので稼働していますし、採算も取れています。もし、その原料で多くのタングステンが回収できて軌道に乗れれば、利益は飛躍的に上がると思います」

「しかしカッちゃん、本格稼働の計画が未定のまま進めるのが不自然というか、経産省まで加わっているのに変だとは思わないか」

金井は、うさんくさい話だと感じたらしい。

「今思えば、そうだったかもしれません。ただ、先行費用として一〇〇万円も頂いていましたので、熱くなっていたのは事実です」

「山科さん、話は変わりますが、他に花菱さんから頼まれたことがあったのでは？」西村が問いかけると、素知らぬ顔を見せた。

「何もありません。仕事の話をしただけですけど……」か細い声になったのを、鳥城警部が大きな声で切り込んだ。

「マルア像を探していただろっ。ナッちゃんのバイクで！」

警部の突拍子もないマリアをマルアと言った言葉に、誰も笑うことさえできなかった。

山科は、声に圧倒されたのか、返す言葉がなかった。

だが隠し通せないと思ったのか話し始めた。

それは、花菱豪三から直に頼まれたのではなく、自宅へ十万円分の商品券と、依頼内容が書かれたレターパックが届いた。差出人は、新産構推進部・中川晃とあった。内容は、岸本捺美が『三プロミス』の一つを持っているかを、確認して欲しいという依頼だった。マリア像と紐のイラストに、岸本のバイクとナンバー。それに、岸本の顔写真と勤務先まで書かれていた。

山科は、大切な物だろうから愛車のバイクに付けていると推察した。そこで、山陰へのツーリング計画を立て、その途中に岸本の勤務先へ寄って、バイクを探っていたところを本人に見つかり、慌てて走り去った。

「その後は、どうしたのだ」鳥城が聞いた。

「尼崎へ戻りました。翌日から出勤でしたから、日を改めて行けばいいと思いましたので」

「山科さん、この方はご存知ですか」と、花菱剛史の写真を見せると、以前に隼駅で談話したと答えた。

「こちらの岸本さんは、この花菱さんとは旧知の仲なのですよ」岸本を紹介した。

「そ、そうでしたか。申し訳ありませんでした」山科は、深々と頭を下げた。

「あなたが探っていたのは、これですよ」と、岸本は黄色い紐に付けられたマリア像を見せた。

「これですか、私には中川さんの意図がわかりません」山科は、じっと見ながら言った。

「西村さん、彼は単に推進部の人から頼まれて、捺美さんのバイクを探った。レアメタルについても、これからの産業の軸になるからと勧められ、会社の為とも思い話を進めた。それだけで、一連の事件には関わっていないと思います」金井が言った。

「でも、相手にとっては脅威になり得る存在だから、お兄さんもそれを危惧して保護を求めた。そう思わんか、カッちゃん」

二人の意見を聞いていた西村は、鳥城警部と相談して山科武志の保護を、美方署の矢部刑事に頼むことにした。

マスターが、山科を店に泊めてあげると言ってくれたので、菅野たちも店を出た。

6

五月二九日、早朝に再び喫茶店へ集まった。山科も、既に身支度を整え皆を迎えた。午前八時になり、美方署の矢部から鳥城警部に、昨夜依頼した宮澤佳子に関する病歴についての連絡が入った。

やはり、岸本が推察した通りI型糖尿病を患っていた。さらに、インスリンも検出されていた。

「岸本さん、このインスリン自己注射ですが、打つ頻度は毎日ですか?」西村が聞いた。

「個人差はありますが普通は一日一回、朝食の三〇分前くらいが基準です。食後に上がる血糖値をコントロールする為です」

「旅行する際などは、注射する器具と薬は必ず携帯する訳ですね」

「そうです、命に関わりますから」

被害者の所持品が一切なかったのは、犯人が持ち去ったとしか思えなかった。

「宮澤さんの足取りがわからないことには、捜査も堂々巡り状態だと思うから、何かの手掛かりがあればなぁ」西村は思案顔をしていた。

「ナッさん、この中ではお前さんが一番近い人物だが、今までの年賀状とかで地域がわからんかね」警部が聞いた。

岸本は両肘《ひじ》をテーブルにつけ、頭を手で抱えるようにして必死に思い出そうとしていた。

「トリさん、私は花菱豪三氏に早く会いたいと思っているから、先に長崎へ戻りたいのだが」

西村が言った。

「何か気掛かりなことでも? それよりキンカンよ、お前さんらは会話に入らずコソコソとメモばかり書いているようだが、勝手な行動は許さんからな」

「西村さんが懸念されているのは、ひょっとして黒幕は花菱豪三ではない、ということでは」

菅野のとんでもない言葉に、警部は仁王立ちになり怒鳴り始めた。

「たわけ！　これだけ状況証拠が揃っているのだぞ。花菱以外で誰がいるというのだ！」猛烈にまくし立てた。

「あの～、いいですか。花菱さんは、とても温厚で人に尽くされる方です。決して人を傷つけたりはしないですよ」山科が言った。

「あんたは世話になったから、そう思うだけだ」警部が力んだ。

「私も、段々変だなと思うようになりました」岸本も言った。

「ナッちゃんよ、あんたまでこのワシをコケにするのか。それより思い出したのか」警部は馴れ馴れしく言った。

「あっ、そうそう二年前だったわ、何年か振りに年賀状を貰ったの。それの消印が城崎《きのさき》だったのよ」

「あの温泉か、仲居をしていたのか」

「温泉とは限らないわ。警部は単純なのだから。城崎湯島病院に勤務していると書かれていたの。でも今は対馬の診療所にお勤めだったのだから、長崎に帰ったのね」

すると西村は、美方署の矢部刑事にだけ連絡をするようにと、鳥城警部に言った。岸本に散々言われっ放しだったが、西村の指示には素直に従った。

「ここで我々も分かれましょう。私と菅野さんは長崎へ戻り、花菱豪三と会う。トリさんと金井さんは、岸本さんの案内で城崎へ向かって下さい。現地で矢部刑事と落ち合って、宮澤佳子さんについての聞き込みをお願いします。山科さんは、矢部さんに手配してもらった香住駅前のホテルで、六月二日まで留まっていて下さい。バイクはマスターのお店に預かっていただき、トリさんたちと一緒に行動して下さい」と、西村が言った。

「西村さん、どうして六月二日なのですか？」山科は首を捻った。

「それは投票日だからです。六月二日なのです。全ての始まりと終わりは、この日だと思っています」

隼駅一〇時二九分発に乗ると、城崎温泉駅までの行程は郡下《こおげ》駅で因美《いんび》線に乗り換え鳥取駅まで行き、鳥取駅からは山陰本線の普通を乗り継ぎ、途中の香住駅で山科武志が下車する。目的の城崎温泉駅には一三時〇五分に着く。所要時間二時間三六分だった。

「さあ、出ましょう。マスター、大変お世話になりました。バイク預かっておいて下さい」

「今度は、コウジさんと一緒に来て下さい。お待ちしています」

お礼をして、隼駅へ向かった。車内で岸本が口を開いた。

「花菱さんって、敬虔なクリスチャンでしょう。私もそうですから、こんな凶暴な計画を立てたとは思えないの。どの宗教でも根本は同じだと思っているの。『人の為に何かをしてあげる』、自分に厳しく人には優しく、これだと思っているわ。邸内に礼拝堂まで建てた人が、こんな非人道的な凶行をしたとは、到底考えられないわ」

「私も岸本さんと同じ気持ちです。ここまでの事件を追っているうちに、何かが変だと感じ出したのです。祝先生、黒岩さん、それに宮澤さんの陰には花菱豪三氏が必ず関わっていると思える節が見え隠れしている」西村が言った。

「でしたら管理官殿、他の誰かが花菱を陥《おとしい》れようとしている。そうお考えですか?」警部が聞いた。

「可能性を言ったまでです。それを確かめたく、本人と会いたいのです。トリさんは、宮澤さんの事件を矢部刑事と力を合わせて、必ずホシを挙げて下さい」と、西村は警部の手を取って頼んだ。

鳥取駅に着いた警部たちは、山陰本線のホームへと急ぎ足で階段を下った。菅野と西村管理官は、タクシーで鳥取空港に向かった。

第七章　真実はひとつ

1

城崎温泉駅へ向かっていた鳥城警部たちは、浜坂駅で快速に乗り換え、香住駅にそろそろ到着する頃だった。

「山科さん、くれぐれも気をつけていいてくれ。お兄さんの無念はワシが必ず晴らす。犯人逮捕の吉報を待っていいてくれ」警部は、西村と菅野が同行していないことで、我を強くしていた。

「よろしくお願いします、金井さん、岸本さん」山科は、警部をアテにしていなかった。警部は、思わず顔をしかめた。

香住駅では、ホームに美方署の吉川が待っていてくれた。山科と別れた後、餘部橋梁を過ぎ定刻どおりに城崎温泉駅へ着いた。改札を出たあたりで、矢部刑事と合流した。

「矢部さん、昨日はお世話になりました。香住駅では吉川刑事に出迎えていただき申し訳ない」鳥城警部がお礼をした。

「いやいや警部さん、頭を上げて下さいよ。ところで金井さん、相棒はどうした?」矢部が聞いた。

「西村さんと長崎へ向かいました。私らも明日発ちますから、今日中にいい情報を掴《つか》めるといいのですが……。よろしくお願いします」

「昨日病院へ連絡を入れたのですが、宮澤さんが亡くなったと知らせたら、驚いていました。知識も豊富で明るく、患者さんに人気があったそうです」矢部は電話の内容を言った。

宮澤佳子が二年前まで勤めていた病院では、第二外科の看護主任に会ってもらえる約束をしてあった。

駅から徒歩一〇分程で、城崎湯島病院に着いた。

五階のナースステーションで用件を告げると、談話室へ通された。

「不躾《ぶしつけ》ながら単刀直入にお伺いしますが、宮澤さんを恨んでいた人に心当たりはありませんか？」矢部が聞いた。

石原と名乗る主任は、キッパリと否定した。同僚からの信頼も厚く、人の為なら惜しまない性格だった。

「昔と同じだわ、佳子ちゃんも敬虔なクリスチャンでしたから」

岸本が言うと、石原も頷いていた。

「あなたは、ひょっとして捺美さん？」石原が聞いた。

「そうです、岸本捺美と申します。私も看護師をしています」

「宮澤さんとは、プライベートでも仲良くしていましたから、あなたのことは聞いていましたよ。看護師になったばかりの頃に、長崎の端島で大変お世話になったそうね。何より看護のノウハウを教わったと聞いたわ」石原は笑顔で言った。

「ここの病院には、いつまで勤めていたのですか」矢部が聞いた。

「三月三一日まで一緒でした。彼女、今年に入った頃からストーカーみたいなのに悩んでいたの。だから私の知り合いに頼んで、対馬の診療所を勧めたのです。持病もありましたから、環境を変えてみたらと、背中を押したの。そしたら故郷にも近いし、喜んでいたわ」

「警部さん、そのストーカーはおそらく一連の関係者でしょう」と矢部が言うと、鳥城も頷いた。

「佳子ちゃんには、いい人がいたのですか?」岸本が聞いた。

「私の知る限りでは、一人暮らしに満足していたようでした。過去のことは聞かなかったわ、誰でも事情があるでしょう。私もですけど……」石原は、含みを帯びた言い方だった。

「宮澤さんが対馬に行った後、連絡はありましたか」と警部が聞くと、石原は首を横に振っていた。

最大の疑問は、五月二五日にどうして香住海岸に行ったのか。殺害方法は、多分岸本の言ったインスリンポンプに仕込まれたリシンであろうと、金井は思っていた。

「石原さん、どんな些細《ささい》なことでもいいですので、宮澤さんと城崎から香住あたりの会話をされた覚えはありませんか」金井が聞いた。

石原は窓に寄り、西の方を眺めながら思い出そうとしていた。

「いつだったか、餘部《あまるべ》に叔母がいると聞いたわ。でも、鉄橋から列車が転落して、その巻き添えになって亡くなった。いつか慰霊碑に手を合わせに行きたいと言っていたの」

《餘部鉄橋列車転落事故は、国鉄時代の一九八六年（昭和六一年）年末に、回送列車が日本海からの突風にあおられて、客車七両が鉄橋から四〇m下へ転落し、カニ加工場を直撃して車掌と工場の従業員五名の計六名もの尊い命が失われた》

「その事故で叔母さんが亡くなった」金井が言った。

「私もそう思いましたが、それ以上は聞けませんでした」

「おい、今年は三三年だぞ。節目じゃないか」鳥城警部が言った。

石原は、宮澤が幼少の頃に夏休みになると餘部に来ていたと、聞いたことを思い出した。

「餘部と香住は近いから、あの海岸で夕陽も見ただろうな」金井が言うと、鳥城警部が閃いたかのように言った。

「そうか、思い出のある海岸へ行って息絶えた」

「でもね警部さん、どこでインスリン注射をしたの？　仕込まれたリシンは、即効性ではないのでしょう。作用までに約十時間かかるとしたら、前の晩になりますけど……」岸本には、それ以上推測ができなかった。

「ここからは、警察の仕事です。うちの署が全力を挙げて聞き込みに当たっていますから、待ちましょう」と矢部が言った。

石原主任にコールが入り、中座する旨を言った。

「私共も、これで失礼します。お時間をいただき、ありがとうございました」矢部がお礼を言った。

「お役に立ちました？　必ず犯人を、とっ捕まえて下さい」

石原のフランクな言い方に《ほのぼのさ》を感じた。

病院を後にして、城崎温泉駅へと歩を進めた。

「鳥城さん、ここからどうします？　鳥取空港へ行かれるのですか」

矢部が聞くと、思いもよらないことを言った。

「いやぁ、尼崎南署へ寄ってから長崎へ行こうと思っています」

「警部、熱でもあるのですか？　らしからぬこと言わないで下さい」

金井は、冗談かとも思った。

「お前に言われたくないわ、いたって平熱だ。いいか、尼崎南署の藤掛警部とは懇意なのだぞ。山科武志の件で世話になったから、礼をするのが筋だろ」

「さすが警部だ、そうして下さい。岸本さんはどうする？」

矢部が聞くと、岸本も明日からの仕事があるため、若桜町へ帰ることにした。

「ナッちゃん、世話になったな。今度は、カカァと遊びに来るからまた案内してな」

警部のなれなれしい言い方を腹立たしく思った岸本は、唖然《あぜん》とした表情でいた。

「金井さん、警部さんのお守《も》りお願いします」と、岸本が皮肉っぽく言うと、笑いで満ちた。

矢部と岸本は、一五時〇九分発特急・はまかぜ3号に乗るため、山陰本線下りホームへ急いだ。

「さてと、ワシらは何時の汽車に乗ればいいのだ」警部が聞いた。

「汽車？ ここから福知山・大阪方面へは、昭和六一年に電化されましたよ。電車と言って下さい」金井は、冷たく言った。

「菅野みたいな言い方だな、とにかく時刻を調べろ。命令だ」

これ以上相手にしたくないと思い、スマホで検索した。

一五時三〇分当駅始発の特急・こうのとり22号に乗車することになり、尼崎駅へは一八時一五分に着く。

「警部、三時間近くかかりますので、グリーン車にしましょう」

「アホか、この経費は税金から出てるのだぞ。庶民の大切な税金を、容易《たやす》く遣《つか》うわけにはいかん、自由席だ。切符を買ってこい」

警部の言葉には、重みがあった。

この先の予定は、今夜は尼崎で泊まり、明朝に尼崎南署へ赴き、経過を報告した後、日本鍛工へ同行してもらって野口社長に会って、お礼と現在の状況を説明するつもりでいた。

2

美方署では、宮澤佳子の足取りを全力で追っていた。そんな中、餘部地区を捜査していた吉川刑事が、重要な手がかりを掴んだ。

それは、遺体発見の前日、五月二四日に旅館・川戸屋に泊まっていたことだ。

宿帳によると、宮澤佳子と松田美香が一泊していた。住所は、二人とも長崎県対馬市厳原《いづはら》町と記してあり、宿の主人は友人同士だったと思ったらしい。宮澤の写真を見せて確認も取れた。連れの女性については、イラストが得意だった吉川が特徴などを細かく聞いて描いた。

そして、二人の行動について尋ねると、二四日は午後四時頃に到着して、夕食までの間『空の駅』と呼ばれる餘部駅横にある旧餘部鉄橋の三本の橋脚が展望施設として生まれ変わった場所を見学していた。この旅館は、鉄橋の真下にあり、この展望施設へ上がるエレベーターは『余部《あまるべ》クリスタルタワー』の愛称があり、夜になるとライトアップされ人気があった。

翌日の様子を尋ねると、朝食後に列車転落事故の慰霊碑に花をたむけた後、そのままバスで香住海岸へ行ったと主人が言った。

「宿を出たのは何時頃でしたか」吉川が聞いた。

「朝食を済まされたのが午前七時三〇分で、八時には発たれた覚えがあります。うちから慰霊碑までは歩いて三分です」

「そこから近いバス停で乗車したとすると、何時でしょうか」

「バスは毎時四五分ですから、多分、八時四五分に乗られたと思います。香住までは四〇分くらいで行きます」

松田美香の容姿と服装を尋ねると、身長は一六〇㎝ぐらいの中肉で、グレーの七分袖シャツにGパン姿だった。

主人にお礼をしてから、矢部に連絡を入れた。矢部から大至急署へ戻るように言われ、車を走らせた。

午後三時三三分に香住駅で降りた矢部は署へ急いだ。同乗の岸本は、普通に乗り換えて鳥取駅へ向かった。

美方署に矢部が着くと、吉川は既に戻っていた。

「ナオ、よくやった。これでホシが絞れた」矢部は吉川を労《ねぎら》った。

矢部は、吉川の描いた似顔絵を西村へLINEするように指示するとともに、鳥城警部へも連絡を入れた。

「矢部さん、この女は何者でしょうか？　宿の主人は友人のようだったと言いましたが、一緒に旅行するくらいの仲なら、こんな手の込んだ凶行はしないと思うのですが」吉川は疑問だった。

「そうだな。でもよ、誰かの指図かもな。とにかくその女をとっ捕まえて吐かせることだ」

矢部から連絡をもらった頃、鳥城たちの乗った列車は和田山駅を発車したところだった。

「美方署からだ、宮澤さんの足取りを掴《つか》んだらしい。一緒にいた女のモンタージュも作ったそうだ」鳥城が電話の内容を言った。

「女性ですか、意外でした」金井は腕を組み言った。

「ワシは、どうも腑《ふ》に落ちない。女が計画して実行したとは、どうしても思えんのだ。動機は何だ？　我々の追っているヤマと無関係なら気にしないのだが、これは繋《つな》がっているのは間違いない。だとしたら花菱への疑惑が増すばかりだぞ。管理官とカンが言っていたように、真の影に我々は振り回された。そう思うようになってきた」

「明日カッちゃんたちと合流したら、もう一度事件を洗い直しましょう」

列車がレールの継ぎ目を拾うリズミカルな音に、二人とも、まどろみ始めた。尼崎駅までは、あと一時間余りだった。

美方署では、松田美香の捜索に全捜査員を充てた。

矢部は、香住駅前でのバスやタクシーの運転手に似顔絵を見せて総当たりを指示し、さらにレンタカーの営業所へも行くように頼んだ。矢部の推断は、香住海岸へは二人で行った。そこで、宮澤佳子にリシンの作用が表れ、倒れ込み息絶えたのを松田が確認したというものだ。

わからないのは、そこからどうやって移動したかだ。土曜日でもあり、観光客も多いだろうから人目につきやすい。公共機関を使うのは避けたとも考えられるが、他に思い当たらない。

午後八時になり、有力な情報が得られないまま捜査員たちは署へ戻ってきた。矢部は、明日から捜索範囲を海岸周辺のお店にも広げ、目撃情報を探すように指示を出した。刑事たちが帰宅した後、一服の紫煙を嗜《たしな》んでいた時に西村から電話が入った。鳥取から空路で長崎に着いた西村と菅野は、長崎駅前の居酒屋で長崎署の住屋と盃を酌み交わしていた。

「矢部さん、その節はお世話になりました。似顔絵を見ました、大手柄ですよ。早速、長崎署の住屋刑事に伝えると対馬南署へ転送すると言われました。身元はすぐにわかるでしょう」

「おそれいります。ただ現場からどうやって逃亡したのか、移動手段に電車、バス、タクシーを使った形跡がないのです」

西村は、菅野が代わって欲しい合図をしたので受話器を渡した。

「菅野です。車を使ったとは考えられませんか」

「レンタカーでは、免許証の提示などが求められますから違うと思います。事前に海岸近くのどこか目立たない所に、車が用意してあった。その可能性を考えたのです」

「えらい用意周到ですな、明日、思いつく場所を当たります」

電話を切った後、鳥城警部と連絡を取った。

明日、警部と金井は朝一番に尼崎南署へ寄り、その足で日本鍛工株式会社へ同行してもらった後、尼崎駅から新大阪駅経由で新幹線と特急を乗り継ぎ、一五時五四分に長崎駅に着く予定だと聞いた。

「菅野さん、さきほど言われた車についての考えを、聞かせてもらえませんか」と西村が言うと、住屋も興味を示した。

菅野は、被疑者の松田美香は利用されただけで、綿密な計画を企んだのは他にいる。松田は、何か弱みを握られていたのかもと説明した。

「だとしたら、今度は松田美香の身が危ないのでは！」住屋は声を大きくした。

「菅野さん、やはり花菱を選挙に『かこつけて』陥《おとしい》れようと策略した人物がいると考えたほうがよさそうですね。真の黒幕は誰だと推察しますか」西村が言った。

「現段階では、花菱豪三氏に近い人物と思いますが、あくまでも推測の域です。明日、警部たちと合流して、この綿密に仕組まれた計画のカラクリを解いて、黒い壁を突破しましょう」

3

五月三〇日、選挙運動も今日を含めあと三日となり、両陣営とも県内各地で白熱した街頭演説をしていた。長崎署の住屋は、対馬南署の梅野から入った松田美香に関する極めて重要な情報に、慌ただしくしていた。

昨日、似顔絵のFAXを見た梅野は、よく似た女性と会った記憶があった。それを確かめるため、今朝事務所へ糸瀬と向かった。

そこは【白峰たかし】事務所だった。数日前に、黒岩太一の件で事務所へ行った際に、お茶を淹れてくれた女性にそっくりだったのだ。

「ウメさん、確認だが白峰事務所に間違いないな」住屋は頭が混沌としていた。

「間違いない。俺だって驚いたよ、花菱ならつじつまが合うけど白峰だったから、半信半疑で事務所へ行ったさ」梅野も興奮していた。

「それで、松田美香はいたのか」

「おらんかった。だが、運動員に似顔絵を見せるとビンゴだった。でも、二四日の朝に二、三日旅行に出るからと、突然電話があったそうだ」

「それなら帰ってきてもいい頃だが……。いやな予感がする」

住屋も彼女に危険が及ぶのを心配していた。しかし、白峰には一連の事件と関係する節は一切なくノーマークだったので、逆転した感に困惑した。梅野からのLINEで、事務所開きの際に撮られた集合写真に写る松田美香と、運動員から聞いた内容も添えてあった。【白峰たかし】の事務所では、アルバイトとして来客のお茶出しを主にやっていた。年齢は四八歳、独身で職業は派遣社員。今はコンビニ店員をしている。

住屋は、すぐ写真を美方署の矢部へ送った。

お昼近くになり、鳥城警部から連絡が入り、予定通り午後四時頃に長崎駅に着くから迎えを頼む依頼だった。住屋は、どう動いていいのか悩んでいたところへ、西村からも連絡があり、署の近くにある喫茶店で待ち合わせることになった。

西村と菅野は、若桜町から一足先に戻ってからは、花菱豪三氏についての人格や地元での世評を聞き廻っていた。

「西村さん、愚鈍《ぐどん》なオイでは状況が整理できない事態になってきました。どうか、お知恵を拝借させていただきたい」住屋は懇願した。

「まあまあ、ひとつずつ洗い直しましょう。夕方にはトリさんらも合流しますから、核心に迫れると思います」

「それで、花菱御大《おんたい》の評判はいかがでした？」

「悪く言う方は、いませんでした。人望の厚さを感じました」

「それについては、私も同感です。地元への貢献度は、過疎の村まで行き届いていました。名士です」

「一つ聞きたいのは、花菱氏の側近らしき産経省・推進部の中川という人物との関係です」西村は、不審を抱いていた。

「あの人は、御大が進めている対馬の鉱山開発に関連する各省庁とのパイプ役です」

「いつ頃から、花菱家に出入りするようになったのですか」

菅野は、選挙を利用した企みがあるのでは、と思っていた。

「ハッキリとは言えませんが、今年二月頃からだと思います」

菅野としては、思いが外れた感があった。二月では補欠選挙になるとは、予測さえしていないだろう。単に鉱山認可のためだけだったのか？　これで、中川を追い込む算段が行き詰まった。


美方署の矢部と吉川は、菅野が言った車の停めてあった場所を、手分けして探すことに奔走していた。そんな中、松田美香の顔写真が届き心強くなった。

「矢部さん！　らしき車が停まっていた場所を見つけましたよ！」

吉川は、興奮状態で連絡をした。

「どこだ！　すぐ行くから待っとけ」

「道の駅・かすみ――」と、言い終わらないうちに通話が切れた。

ここは、崖を下りて海岸まで徒歩五分と近いので、車で来た釣り人がよく利用していた。

吉川は、矢部が着くまでに従業員から詳しく聞くことにした。

水森という若い女性はこう話してくれた。五月二四日朝八時に出勤すると、その車は既に駐まっていた。普段から車の出入りは頻繁で、特に気にもしなかったが、車種と色が自分の車と同じだったから覚えている。そして、ナンバーが長崎だったこともあり、目に留まった、と。一番端に駐車してあったが、いつから駐まっていたかは他の従業員に聞いてもわからなかった。

矢部が着くと、女性から聞いた内容を話した。

「多分、車を置いたのは二四日の未明だな。いつまで駐めてあったのだ」矢部が聞いた。

「あっ、それ聞くの忘れました」吉川は矢部に怒鳴られる前に、店へ走った。

矢部も後を追って店内へ入り、吉川から二五日午前九時には車はなかったと、先ほどの女性から教えてもらった報告を聞いた。ここにも防犯カメラがあったので、二四日未明から翌二五日午前九時までの映像を見せてもらうことにした。

腰を据えて画面を食い入るように見ていると、空が白みはじめた二五日午前四時三〇分頃に、赤いSUVが入ってきた。停めた場所があの場所だったから、店員に確認してもらうと間違いなかった。降りてきたのは、黒ずくめの男だった。

「この男、何をしているのでしょうかね」吉川が、車の前方でしゃがんでいる男を見て言った。

「何かを隠していた。例えば車のキーとか」矢部が言った。

その後、男は店の方へ歩き出し、カメラの視界から消えた。もう一台あるカメラは、店の入り口付近にあったので切り替えると、男はまだ開いていない店の脇を歩く姿があった。

「水森さん、この先には何がありますか」矢部が店員に聞いた。

「あぁ、トイレです」水森が答えた。

しばらく画面を見ていたが、男が戻ってくる様子はなかった。

殺害当日の二五日午前六時からの映像に切り替えると、午前八時一五分に、赤いSUVに小走りで近づく人物があった。グレーの上衣にGパン姿だった。

その人物は、車の前でしゃがみ何かを取ってからドアを開け、鳥取方面へ走り去った。

「これだ！　服装も同じだし、間違いないぞ」矢部は確信した。両日の録画DVDを借り、署へ急いだ。

矢部は、車を置いた男の背格好等を詳しく知りたく、鑑識課に頼むつもりだった。

4

午後四時に長崎駅を出た鳥城警部と金井は、住屋刑事の迎えの車に乗り込んだ。住屋は長崎署へは向かわず、郊外へ車を走らせた。

「どこへ行くのですか？　署ではなさそうだけど……」鳥城は、街から離れていく様子を見ながら言った。

「署内に内通者がいるとも限りませんから、町はずれの家に向かっています」篠崎が答えた。

高台にあるこの家は、住屋が世話をした不動産屋から借りた。空き家になったばかりで、電気、水道にＷｉ－Ｆｉもそのままになっていたので好都合だった。

「管理官殿、遅くなりました。尼崎署と山科さんの会社には、深謝しときました」鳥城が言った。

「トリさん、ご足労かけた。ここは、住屋さんに無理言って手配してもらった、我々の砦で前線基地のようなものです。遠慮は要らんよ。美方署も懸命に捜索してくれたお陰で、黒幕に迫りつつあります。ここから最終段階です、慎重にいきましょう」西村は、ねぎらいと気を引き締め直す意を込めて言った。

「カッちゃん、早速だが香住海岸での容疑者・松田美香さんだけど、美方署からの連絡では『道の駅・かすみ』から、用意してあった車で鳥取方面へ行ったのだが、どこへ向かったと思う？」

「長崎へ戻るとしたら鳥取ＩＣから鳥取自動車道を南下し、佐用ＪＣＴで中国自動車道へ入り、下関で九州自動車道・長崎自動車道を使うのが一般的だけど、もし車に発信器が取り付けられていたのなら、どこかで乗り捨てるだろう」

「その発信器を、松田さんが気づかなかったら」

「多分、彼女も影を感じていただろうし、何より目の前で宮澤佳子が、ぶっ倒れたのだから尋常でないと思ったでしょう。だから、車に乗り続けるのは避けたと思います」金井が言った。

「その影とは、監視されていたと解釈すればいいのですな」西村も金井の考えに同感だった。

「そうだな、車は危険だ。自分だったら鉄道に乗り換え、長崎ではなく反対方向の関西とかへ行き、しばらく身を隠します」

「鳥取ICから鳥取・中国・岡山の各自動車道を使えば、岡山駅に二時間半で行ける」パソコンで検索していた金井が言った。

「どうして岡山駅と決めるのだ？　鳥取駅からでもいいじゃないか。お前ら車に乗り続けないと思うのなら、岡山に向かうわけないぞ」

警部の馬鹿にしたような言い方に、腹が立った。

「浅薄《せんぱく》な警部には理解できないと思いますが、岡山駅と鳥取駅では乗降客数に雲泥の差があります。それに岡山だと路線も多くあるから、どこへ向かったのかを予測しづらいのです。理解できましたか」と、警部に向かって言った。

美方署では、DVDの解析に取りかかっていた。矢部は、結果が待ち遠しいのか落ち着かなかった。秒針が空しく時を刻んでいた。

やがて、鑑識の嶋田が勇んで入ってきた。

「ヤベよ、待たせた。わかったぞ」

車種は赤のトヨタRAV4、ナンバーは長崎337　99―88だった。乗ったのは女性で、身長約一六〇cm、サングラスをして運転。

「シマ、すぐにNシステムで車を追え」矢部は興奮した。

「もうやっています。こういうのは若い者に任せた方がいい」

RAV4は、鳥取ICから鳥取自動車道で佐用《さよう》JCTより中国自動車道を大阪方面へ行った。宝塚ICを出てからは、Nシステムに映った場所がなかった。

矢部は、鳥城警部に連絡を入れた。鳥城から尼崎署の藤掛警部に、松田美香の車を捜索してもらうことになった。


五月三一日は、早朝から激しい雨と風が吹き荒れていた。住屋も既に来ていた。昨日、松田美香が菅野たちの予想とは違った動きをしたせいで、どこに向かったのかは推測すらできなくなった。

「お前らの予測は大外れだな。素人が考えるのは、この程度だから仕方ないか」警部の馬面《うまづら》から〈フン〉と、大きく鼻息が漏れそうな言い方だった。

「そっちは、尼崎署に任せましょう。こちらは、花菱豪三氏を利用して得をする人物が誰かを探りましょう」西村が言った。

「それは、一連の事件は花菱ではないと、お考えだからですか」鳥城は納得できないようだった。

「断言するつもりはない。その可能性も含めて、検討しようと思うのです」と言って、西村は最初から整理し始めた。

一連の事件は端島《はしま》（軍艦島）が発端《ほったん》であるのは、周知していた。

対馬での黒岩太一の殺害や、西田進次が自殺した背景と、進次の弟を盲信させた人物。さらに、松田美香を使って宮澤佳子をも殺害させた。端島での関係者の中で唯一、岸本捺美だけに危害が及んでいないのは、単に機会を待っているだけとも思える。

どれも、花菱豪三氏が息子の出生に関わることを思わせていた。対馬の対州鉱山を開発しようとしているのも、地域の活性と雇用を生み出すのが真の目的だったと、対馬振興局で梅野が聞いていた。

「住屋さん、豪三氏の人格からしてどう思います」西村が聞いた。

「西村さんの意見と同感です。あの方は、犬馬《けんば》の労《ろう》を取るのは厭《いと》わない人です。それは県民すべてが、そう思っていると言っても過言ではありません」住屋は自信を持った言い方をした。

「管理官殿、花菱ではないとすれば、これまでの我々の捜査が無駄になってしまいます」鳥城は気持ちが沈んだ。

「警部、逆です。影の策略を解くのに、大きな収穫が得られた。決して無意味ではなかったのです。無為にしていたら、真実が二つ存在してしまい、偽善者がまかり通っては法治国家の根底が崩れます」

「これからの予定を決めましょう」金井が言った。

まずは、花菱豪三氏と会うのが肝要であるから、住屋にアポイントを取ってもらい、一〇時に自宅でとなった。

花菱家へは、西村・菅野・住屋が向かい、松田美香の保護と証言が取れれば一気に核心へ迫れるので、警部と金井はここに残り尼崎南署からの連絡を待つため待機してもらうことにした。

花菱家は、ここから車で三〇分余りの所にあり、途中で【白峰たかし】の選挙カーとすれ違うと、本人の肉声に気迫を感じた。

「前より力が入っているけど、形勢逆転を過信しているようだな」西村は、目で追いながら言った。

「西村さん、正直言って真犯人の目星が私にはつきません。一体誰だと、お考えなのですか」と、住屋が聞いた。

「それは、花菱氏と会ってからにして下さい。菅野さんも、影の人物が誰かは、私と同じ人物を推断されていると思います」西村は菅野を見て言うと、頷いていた。

離宮を思わせる雰囲気の屋敷に入ると、まず目につく白亜の礼拝堂が、清廉《せいれん》な空気を漂わせていた。

花菱豪三は、笑顔で快く迎えてくれた。選挙終盤でもあるせいか、息子の事務所へも連日詰めていた。

「ご多忙中にもかかわらず時間を割《さ》いていただき申し訳ありません」

西村は、深くお辞儀した。

「どうぞおかけ下さい。今日は、誰もおりませんので何でも気兼ねなく仰って下さい」花菱は笑顔で言った。

「では率直に伺います、祝角英さんはご存知ですね。最近お会いになられた際に、対馬の件で否定されたわけをお聞きしたいのです」

花菱は腕を組み、しばし沈黙を続けた。大きな振り子時計が時を刻む音だけが響いていた。

「内輪の恥を晒《さら》すことに思案していましたが、お話ししましょう」

花菱は、警察に全面協力する腹を決めた。

「祝角英が訪問した時は、驚きと感謝が入り混じり平常心でいられなかった。何より息子の剛史が補欠選挙に出馬する準備で、自宅には後援会の人たちが絶えず出入りしており、誤解を招き兼ねない話は避けたかった。それで、十分なもてなしもせずに帰してしまった。

それが数日後に、あの島で不幸な亡くなり方をした祝に対して、悔やむ気持ちでいたたまれなかった。事実、対馬の対州鉱山を開発する計画は進めていた。それは決して利権を得るためではなく、島の産業として活性化させるのと雇用を促進するのが目的だった。

ただ、選挙に絡む時期に入ってからは表立った動きは控えていた」

「ひとつ気になる点があります。鉱山の認可を申請する際に、中央とのパイプ役を担っていた産経省の中川氏とは、お知り合いであったのですか」

「いいえ、中川さんは対馬振興局からの紹介で、力を借りているのです。鉱山開発には資金と人脈が不可欠であります。中川さんは頭も切れて、産経省の事務方《じむかた》にも信頼があります」花菱は信頼しきっていた。

「その中川さんに、剛史さんの出生に関する経緯をお話しされましたか」西村は思った通りで、中川に利用されていたと感じた。

花菱は、中川にすべてを話していた。西田進次・山科武志の兄弟についても。父の償いを長年望み続けていたことや、兄の進次に偶然出会ってからは、いつも気にかけていたことも。

「花菱さん、これからお話しすることは、我々が事前に内偵をして導いた推測ですから、心静かに聞いて下さい」西村が言った。

花菱豪三は「うむ」と深く頷き、目を閉じ聴き入る態勢をとった。

「祝先生は、花菱家を訪れたあと不可解な出来事が続いた挙句《あげく》、殺害されてしまった。鉱山開発については、対馬市民のためではないと、誰かに吹き込まれたのでしょう。昭和四八年のクリスマスの端島での所業が関係していて、スキャンダルの暴露を危惧した仕業だと感じた。だから、当時看護師だった岸本捺美さんと宮澤佳子さんにも危険が及ぶと考え、二人に警告と氷ノ山《ひょうのせん》近くの祠《ほこら》に手紙を置いた。

不幸にも宮澤さんが、何者かによって毒を盛られ亡くなった。西田兄弟も影に利用されたと考えます。これらの状況から鑑《かんが》みても、花菱さんが、扇動《せんどう》し教唆《きょうさ》したと考えるのが妥当です。

ですが、すべて花菱家を陥れるために仕組まれた、と私たちは考え直しました。

まずお聞きしたいのは、西田進次さんの弟の山科武志さんに、岸本捺美さんの身辺を探る依頼をされましたか」

目を閉じていた豪三は、目を見開きキッと鋭い眼光を放って言った。

「その岸本さんが端島での関係者だったとは、今知りました」

花菱の言葉に西村は、疑いの余地は経験上微塵《みじん》も感じなかった。

「西田進次さんについては、遺書から貴方とのつながりを知りました。それについて教えて下さい」

「進次君から弟さんが、大手の金属鍛造会社に勤務していることは聞いて知っていました。私は、選挙が終わった後本格的に鉱山開発を進めるつもりだった。その為にもタングステンの含有率が、採算に大きく影響するから分析を依頼した。具体的な話し合いは、八月に再び会うつもりでいる、と進次君に伝えた。しかし、進次君が罪を犯した自責の念から自ら命を絶ってしまった。私が、守ってやれなかったのが悔やまれます」花菱は、俯《うつむ》きながら言った。

「このことを、誰かにお話しされましたか」

「産経省の中川さんなら話しました。彼とは鉱山開発を共に進めていますから」

「実は、私と菅野さんとで先日、対馬に行き対馬南署の梅野さんと共に振興局に赴《おもむ》き、産経省の中川さんを紹介した人に会いました。

渋澤と名乗った開発課の課長は、予想通りうさん臭い感じを受けました。局内では問い詰めるのが無理と思い、近くの喫茶店へ誘いました。梅野さんが共犯の言葉を匂わせると、保身のためなのか喋り始めたのです」

その会話を録音したものですと、スイッチを入れた。

『白峰哲生氏に頼まれたのですよ。私が今の地位におられるのも、白峰氏に口添えをしてもらったお陰です』

『ひょっとして、祝先生に手をかけたのと、黒岩さんを殺害した西田進次を洗脳したのもあんたか』

『梅野さん、冷静に。渋澤さんと特定するのは飛躍し過ぎです』

『その中川さんと、白峰氏との関係はご存知かな』

『白峰氏の母方の甥です』

『西村さん、予想通りですね。白峰は中川晃を花菱豪三氏に近づけ、鉱山開発を盾に情報を得て、今回の選挙戦に利用しようと考えた。明後日が投票日です、現在の形勢は【花菱こうじ】候補が優位です。もし、暴露するなら明日でしょう。マスコミにリークして形勢逆転を企んでいると思います。そうなれば、世間は騒ぎ出し花菱候補は大敗するでしょう。つまり、白峰は息子の【たかし】候補を当選させるために、緻密《ちみつ》な計画を立てた。実行したのは中川晃本人か、カネで雇った人物だと思います』

「花菱さん、これが我々の導き出した結論です」西村が言った。

「な、中川晃に《煮え湯を飲まされた》と、いうことですか」

花菱豪三は、心中穏やかではない様子だった。

「ただし、証拠はありません。唯一の証言が得られれば別ですが」

「それは誰ですか？　中川本人が口を割るとは思えない」

「看護師の宮澤佳子さん殺害の被疑者です。今、尼崎南署が全力で追っています」

「私もあなたと同じ敬虔なクリスチャンです。邸内に礼拝堂をもっておられる方が、人を傷つけることは決してないと思いつつ、捜査に協力してきました。お会いして確信しました。

しかし、時間がありません。明日、白峰哲夫がマスコミにリークしたらアウトです。中川晃は、どこにいますか」西村が言った。

「今朝から息子の事務所に詰めている筈です。確認します」と言って、花菱は携帯で連絡をした。

だが、中川晃は選挙事務所にはいなかった。それを聞いた住屋は、中川晃の顔写真をＬＩＮＥで署へ送り、手配の依頼をした。

最後に、中川晃の利き腕が左だったのを確認して邸をあとにした。

5

松田美香の捜索が急務の中、ＪＲ尼崎駅前で接触事故が起きた。

その当事者が彼女だった。鶴田が急行すると、怪我はないようだったので、事故検証が終わるのを待って、署に任意同行を求めた。

「無事でよかった。どこへ向かうつもりだった？」鶴田が聞いた。

「ここから電車で上六《うえろく》です。友人宅に行くつもりでした」

「あんた大阪人か？『うえろく』と、呼ぶから」

「はい、高校を出るまで難波に住んでいました。それが何か？」

「いやいや余談です。ところで、同行を願った理由は、あえて言うまでもないでしょう」

「はい、察しております。私も本心は、駆け込みたい気持ちもありました。宮澤さんの件で、疑われていますよね」

「だったら全部吐いてもらおうか。まず動機からだ」

「お金です、借金を帳消しにするからと言われました。宮澤さんの持っているインスリン注射を、この新薬の入った注射とすり替えるだけでいい、との依頼でした。そんな簡単なことでと変に思い、尋ねました。そしたら、これはⅠ型糖尿病対応の新薬だから安心しろと、言われました。それ以上は聞けませんでした」

「頼んだのは誰だ！　この男か」鶴田は、長崎南署から届いた産経省の中川晃の写真を見せた。

「そ、そうです。ＡＫファイナンスの梶田という人です。私、同棲していた彼氏の保証人になったのですが、行方不明になって返済に困っていました」

「それは偽名だ。こいつの本業は役人で、本名は中川晃だ。それで、ナンボの債務があったのだ」

「二〇〇万です。預金も彼氏にカードで引き出され空っぽでしたから、働いて返済をしていたのですが利息分だけが精一杯で、元金は減りませんでした」

「動機はわかった。宮澤さん殺害後は、どういう手筈だったのだ」

「海岸の上にある『道の駅・かすみ』に駐車してある赤いＲＡＶ４で長崎空港へ戻り、対馬に帰るようにとの指示でした。キーは、前のナンバープレート裏に、ガムテープで貼り付けてありました」

「なのに長崎へは向かわず、なぜ尼崎なのだ」

「道の駅からあの車に乗って高速に入り、トンネル走行中にハンドル下あたりで赤く点滅する光があったんです。それでＳＡで確認したらＧＰＳと書いてあったから、発信器と思い車を捨てたかったけど高速道路上でもあり、この辺りの地理も知らないから、尼崎なら親戚があって遊びに行っていたのでそこに行こうと思いました」

松田美香は、発信器を見つけてからは尾行に気を配りつつ走っていた。Nシステムからも、特に怪しい車は見つからなかった。

鶴田は、藤掛警部に調書の内容を伝えると、すぐに鳥城警部へ連絡を入れた。


午後一時に花菱家から戻ると、警部から松田美香が尼崎駅前で見つかり、彼女の供述から中川晃が一連の事件への関与が濃くなったと聞かされた。

「それで梅野さん、中川は花菱家にいましたか」鳥城が聞いた。

「行方をくらました。すぐに近隣の県警にも協力を得て、駅・空港・港に張り込みを手配しましたから、逃げられませんよ」

梅野は、花菱の御大に対する嫌疑が晴れた旨を上層部に告げると、県警を挙げての捜査態勢となった。

「テッちゃん、外堀は埋められたな。いよいよ本丸の白峰に鉄槌《てっつい》を下せば、祝先生も浮かばれる」金井は楽観した言い方だった。

「カン、どうした浮かない顔だぞ」警部に言われた。

「最初の事件ですよ、祝先生が末期《まつご》にしたためた『氷ノ《ひょうの》一』ですが、我々は氷ノ山を望む祠で手紙を見つけた。その内容で、後半にあった『実真』が明かせなかった。この意味と、『温《ゆ》泉津《のつ》にてSD』が引っかかるのです」

「真実ではなく、実真か？　何を言いたかったのか。そして、ＳＤ」

「マイクロＳＤカードのことでは」西村が言った。

「手紙の他にあった！」この言葉に、空虚感を皆が抱いた。

「そうか、手紙は看護師二人の身を案じる内容だった。肝心の端島についての詳細は、大事とだけで終わっていた」金井が言った。

「テッちゃん、ＳＤカードもマリア像のどこかにあるのかも」

「そうとしか考えられない。すぐ岸本さんに確認してもらおう」と言って、携帯を取った。

「皆がこの空しさに苛《さいな》まれている状況で、次の手を考え出すあんたらは、一体何者ですか？」梅野は不思議議だった。

「この二人は、ワシの駒です。最後の王手は自分が決めます」ここでも警部のエゴが始まった。

その言葉に皆は、顔を見合わせた。

緊張続きの中、和《なご》やかな雰囲気が漂った。篠崎が気を利かせたのかコンビニ珈琲とゲソを買ってきた。

「ワンカップが欲しいぞ」警部の無神経な言い方に呆れた。

「不謹慎ですぞ、トリさん」西村に諭された警部は、シュンとした。

岸本捺美から連絡が入った。やはり、マリア像の後頭部にマイクロＳＤカードが貼ってあった。それをスマホへ挿し込むと、白峰の名前が出る会話だった。岸本は、菅野へ転送した。

「これを聴いて下さい」と言って、会話を流した。

それは、衝撃的な内容だった。端島でのことは、岸本捺美から聞いていた内容とほぼ同じではあったが、隠れていた『実真』があった。

【花菱榮治からクリニック開業の援助と、杉田家の生活保障を約束された。その時、心の奥に潜む野心が囁《ささや》いた。新生児のスリ替えという非人道的な行為に屈してしまった。

後悔の念に苛《さいな》まれる日々が続き、病院閉鎖が迫る立春の日にカルテの整理を宮澤佳子さんとしていた時だった。この病院で最後の出産となった花菱・杉田両夫妻の記載に目が留まり、杉田夫妻の子には右ひじにホクロがあった。たしか、亡くなった子にもホクロがあった記憶がよみがえった。つまり、新生児のスリ替えをすることはなかった。しかし、私は開業がフイになることに懸念を抱き、そのまま胸に仕舞い込んだ。宮澤さんにも、絶対口外しないように言った。

あれから四十数年が過ぎた今年三月に、白峰哲生と名乗る人物が現れ、『出生の疑惑を、今更覆《くつがえ》すような言動をするな』と忠告され、脅しの感じを受けた。どこから漏れたのかと、考えるには時間が要らなかった。宮澤佳子さんしか思いつかなかった。彼女を責めるつもりは毛頭ない。ただ覆《くつがえ》ってどうなるかが不可解であった】

「決定的だな。白峰哲生が、中川晃を使って手を下したのだ！」

「警部、焦らないの。裏付けが要りますから、中川を確保して供述を得るのが重要ですよ」金井が、警部を諭《さと》すように言った。

「やはり白峰氏の企みは、選挙戦の最終日に暴露する気でしょう。今日中に中川を見つけないと、剛史さんは負けます」

午後六時を過ぎた頃、住屋の携帯に中川晃を確保した連絡が入った。長崎空港内のカフェで、女性といるところを見回り中の刑事が見つけた。今、長崎署へ連行中とのことだった。

「私が署へ戻って、今日中に自白させます」住屋は勇んで向かった。

「祝先生がレアメタル採掘に関わったのは、対馬の振興に豪三氏が尽力していたのが、黒岩さんから聞いていた強欲な面とは反対だったことを知り、恩返しのつもりだったのでしょう」

「そうか、賢い先生なら騙《だま》されたフリをして、岸本さんや宮沢さんに危害が及ぶのを避けたのでしょう」西村が言った。

「そこにスパイとして中川が、花菱豪三氏に近づいたことまで気づかなかった。自身と、黒岩さんや宮澤さんの殺害を主導したのも彼だと思います」金井が言った。

6

長崎署に連行された中川晃は、取り調べに黙秘を続けていた。

「これでもシラを切るつもりか！」と、一喝した住屋は、対馬振興局の渋澤が吐いた録音データを流した。それを聞き終える迄もなく、中川が落ちた。

祝角英を殺害したのも中川だった。その決定打は、遺体の右肩には強い圧迫痕があったという供述だ。それは公表されていないので犯人しか知り得ないことだった。

白峰哲生との関係を問いただすと、政財界に顔の利く白峰のお陰で産経省に入省できた。息子を政界へ出すのが夢でもあった白峰は、この補欠選挙で花菱陣営が下馬評《げばひょう》でも優位なのは周知していた。終盤で、大どんでん返しを目論《もくろ》んでいた白峰は、祝角英が脅威だった。

「端島へ、祝先生を誘い出したのもお前か」

「段取りは叔父さんです。早朝の人目のつかない時間に、叔父さんのクルーザーで祝先生を乗せて行きました。高台で二人が話し合っている最中に、先生をコンクリート片で殴打しました。その後、佐世保へ戻りました」

あとの二人に関して、黒岩太一については、白峰陣営の参謀として尽力していたが、祝角英とは懇意な仲であったため、事件に不審を抱き嗅ぎまわり始めたから、西田進次をたぶらかして殺害した。

宮澤佳子と岸本捺美は、端島での当事者でもあり、祝角英から連絡が入っていると思い、まず宮澤佳子の身辺を調べると対馬に居住とわかった。持病の治療薬をネタに、借金で首が回らなくなっていた松田美香に近づき、債務の帳消しを条件に犯行を指図した。

岸本捺美については、居所がなかなか掴《つか》めなかった。すると県警にも顔の利く白峰が、突き止めた。そこで、西田進次の弟にレアメタル事業をチラつかせて探らせた。すべては、選挙に勝つために白峰哲生が周到に計画したものだった。


六月一日、選挙戦最終日は初夏のまばゆい陽射しが注ぎ、清々《すがすが》しい空気が漂っていた。午前八時からの記者会見で、中川晃を殺人、白峰哲生は共同共謀正犯及び殺人教唆《きょうさ》で逮捕したと発表された。

長崎は、投票日を明日に控え各所で号外が配られ、一大ニュースで沸き立った。これで、誰もが【花菱こうじ】の当選を確信した。

一同は軍艦島（端島）を訪れ、祝先生の亡くなった高台で花をたむけて冥福を祈り、真実は一つだったことを告げ、静かに手を合わせた。

煌《きら》めく波間の沖遥《はる》かに奄美大島を眺めつつ、しばし佇《たたず》んだ。

了

この物語はフィクションです。実在する個人・組織とは、一切関係ありません。

著者プロフィール

山北 豊明（やまきた とよあき）

1959年生　岐阜県羽島市出身
世界遺産検定マイスター
世界遺産アカデミー正会員・認定講師
テキスタイルメーカー勤務
趣味の綿栽培に情熱を注ぐ
著書
『世界自然遺産　縄文杉殺人事件』（2013年　文芸社）
『世界自然遺産　白神山地・十二湖の殺意』（2018年　文芸社）

世界文化遺産　煌《きら》めく軍艦島の殺意

2021年5月15日　初版第1刷発行

著　者　山北 豊明
発行者　瓜谷 綱延
発行所　株式会社文芸社
〒160-0022　東京都新宿区新宿1－10－1
電話　03-5369-3060（代表）
03-5369-2299（販売）

印刷所　株式会社フクイン

ISBN978-4-286-22623-1